Reinhold Baumstark

Der erste deutsche Reichstag und die Interessen der katholischen Kirche

Anatiposi

Reinhold Baumstark

Der erste deutsche Reichstag und die Interessen der katholischen Kirche

Unveränderter Nachdruck der Originalausgabe von 1871.

1. Auflage 2023 | ISBN: 978-3-38220-066-4

Anatiposi Verlag ist ein Imprint der Outlook Verlagsgesellschaft mbH.

Verlag: Outlook Verlag GmbH, Zeilweg 44, 60439 Frankfurt, Deutschland
Vertretungsberechtigt: E. Roepke, Zeilweg 44, 60439 Frankfurt, Deutschland
Druck: Books on Demand GmbH, In de Tarpen 42, 22848 Norderstedt, Deutschland

Der

erſte deutſche Reichstag

und

die Intereſſen der katholiſchen Kirche.

Von

Reinhold Baumſtark,
Kreisgerichtsrath in Conſtanz.

———————•———————

Freiburg im Breisgau.
Herder'ſche Verlagshandlung.
1871.

Inhalt.

Vorwort.

Durch Veröffentlichung der nachfolgenden Blätter beabsichtige ich keineswegs zurückzukehren zu der politischen Thätigkeit, welche ich am Schlusse des letzten badischen Landtags niedergelegt habe und nicht wieder aufnehmen werde, so lange mir nicht meine sämmtlichen Lebensverhältnisse gestatten, es mit vollständiger innerer und äußerer Beruhigung zu thun.

Allein etwas Anderes ist es, selber politisch thätig sein, und etwas Anderes, über die politischen Thaten Dritter seine Meinung aussprechen. Dieses Letztere habe ich in gegenwärtiger Schrift versucht mit dem Freimuthe, zu welchem ich als Bürger des deutschen Reiches und als Katholik berechtigt und verpflichtet bin. Das gesprochene Wort unserer geistvollen und muthigen Redner hat mächtig ertönt von der Tribune herab; möge nun auch dem geschriebenen Worte des einsam Nachdenkenden seine bescheidene Stätte der Wirksamkeit nicht mißgönnt sein.

Constanz, im April 1871.

Der Verfasser.

I.

Die allgemeine Gestalt des ersten deutschen Reichstages.

Vor und bei den Wahlen zum deutschen Reichstag hörte man vielfach von den Gegnern der katholischen Kirche die Behauptung aufstellen, es werde sich in dieser gesetzgebenden Versammlung überhaupt, und namentlich bei ihrer ersten Zusammenkunft, gar nicht um religiöse oder kirchliche Angelegenheiten handeln. Es war sogar der aufrichtige Wunsch mancher entschiedener Katholiken, die Erörterung der grundsätzlichen Lebensinteressen ihrer Kirche vorerst verschoben zu sehen. Auch die Partei des Centrums, in welcher die Vertreter der katholischen Interessen sich zusammengeschaart haben, ist in der That von vornherein nicht als confessionelle Partei aufgetreten.

Der Aufruf, welcher der Bildung dieser Partei voranging und zu Grunde liegt, enthält nicht eine Spur confessioneller Färbung. Noch während der wichtigsten und theilweise heftigsten Debatten haben die Führer der Centrumspartei im Reichstage selbst wiederholt und unumwunden erklärt, daß Angehörigen jeder Confession und Religion der Eintritt in die Partei freistehe.

Trotz alledem haben die Verhandlungen des ersten deutschen Reichstages gleich in ihrem Beginn vorwiegend von religiösen und kirchlichen Gegensätzen ihren Charakter empfangen.

Diese geschichtliche Thatsache mag man beklagen oder nicht; sie ist vorhanden, und sie ist wichtig. Sie findet ihre Erklärung in mehreren Gründen. Fürs Erste beruht sie, wenigstens zum Theil, unzweifelhaft auf einem Charakterzuge des deutschen Volkes, welches sich von jeher mit besonderer Vorliebe den religiösen Fragen, diesen höchsten Aufgaben des menschlichen Denkens und Glaubens, zugewendet hat. Dazu kommt die Glaubensspaltung in Folge der Reformation des 16. Jahrhunderts; die deutsche Geschichte ist seither zum großen Theil ein Kampf um Religionsfrieden und Parität gewesen, und sie ist dies zum Theil noch zur heutigen Stunde. Zu diesen Gründen kommt aber in unserer Zeit noch das weitere Moment hinzu, daß alle politischen und socialen Fragen in ihrem tiefsten Grunde von den Parteien, und zwar von allen Parteien, als religiöse Fragen aufgefaßt und begriffen werden. Dieß ist ebenso gewiß, als selbstverständlich. Wer folgerichtig denkt, dessen gesammte Anschauungen gehen von einem gemeinsamen Angelpunkte aus, um den sich Alles, wie um seine Centralsonne, bewegt. Dieser Mittelpunkt des Denkens, die Auffassung des tiefsten Wesens aller Dinge, ist aber gerade das, was man Religion nennt. Endlich hat die katholische Kirche insbesondere in unseren Tagen unläugbar außerordentliche Bedrängnisse zu erdulden. Ihr Oberhaupt ist seines von allen Mächten als rechtmäßig anerkannten Besitzthums beraubt worden, mittelst einer Handlungsweise, welche zwar von allen Seiten geduldet, aber, abgesehen von den erklärten Anhängern des Revolutionsprincips, von keiner Seite gebilligt wird. Einrichtungen, welche ganz wesentlich zur Lebensentfaltung der katholischen Kirche gehören, sind den bittersten Verfolgungen preisgegeben. Das Verlangen dieser Kirche nach Befreiung von Ausnahmsgesetzen, nach Gewährung des allgemeinen

Rechtszustandes und Rechtsschutzes findet den entschlossensten und heftigsten Widerstand. Schließlich ist die rein inner= liche Frage dieser Kirche, welcher Autorität die Katholiken bei Entscheidungen über Glauben und Sittenlehre sich zu unterwerfen haben, auf ganz unglaubliche Weise zu einer politischen Frage verdreht worden.

Unter diesen Umständen wurden die Reichtagswahlen am Schlusse eines ruhmvollen und siegreichen Krieges aus= geschrieben. Der Ausfall der Wahlen empfing daher auch seinen Charakter theils von den Eindrücken des Krieges und seiner politischen Errungenschaften und theils von den kirch= lichen und religiösen Gegensätzen. Die gegenseitigen Be= schuldigungen der Parteien wegen Wahlbeeinflussung, Ein= schüchterung, Terrorismus u. dgl. mögen im einzelnen Falle Mancherlei für sich haben. Im Großen und Ganzen ver= mögen diese Dinge den Blick des politischen Forschers nicht zu trüben. Es muß vielmehr ausdrücklich anerkaunt werden, daß die Zusammensetzung des deutschen Reichstages im Allgemeinen ein recht getreues Bild der augenblicklichen Stimmungen und geistigen Zustände des deutschen Volkes darbietet. Und weil dieses deutsche Volk in seinem tiefsten Innern von den religiös kirchlichen Fragen mächtig bewegt und ergriffen ist, darum konnte es nicht fehlen: — dieser Geisteszustand der Nation mußte seinen Ausdruck und Wie= derhall finden auch in den Berathungen der Nationalver= tretung.

Werfen wir nach diesen einleitenden Gedanken einen flüch= tigen Blick auf die Parteibildung im deutschen Reichstage.

Von den 382 Mitgliedern, aus welchen die Versamm= lung besteht, haben sich nach den neuesten mir vorliegenden Nachrichten 109 der „national=liberalen Partei" an= geschlossen; die ihr zunächst stehende „liberale Reichs=

partei" zählt 27 Mitglieder, während die Fortschritts=
partei" ihre Mitgliederzahl auf 44 gebracht hat. Die
„conservative Partei" zählt 46, die ihr verwandte
„deutsche Reichspartei" 34 Anhänger. Das Pro=
gramm der Partei des „Centrums" endlich ist unter=
zeichnet von 59 Mitgliedern. Die Gesammtzahl der An=
hänger dieser sechs großen Fraktionen beläuft sich hiernach
auf 319; die Uebrigen gehören entweder kleineren Abthei=
lungen, wie der „polnischen" oder der „socialdemo=
kratischen" Richtung, oder aber sie gehören gar keiner
bestimmten Partei an.

Die angeführten, vielleicht nicht absolut genauen, aber
jedenfalls im Wesentlichen richtigen Zahlen sind in
mehrfacher Hinsicht belehrend, und wir erkennen in denselben,
wie schon gesagt, im Allgemeinen den richtigen Ausdruck
des geistigen Zustandes der Nation.

Diese Nation steht gegenwärtig ganz natürlicher Weise
unter dem beherrschenden Eindruck der gewaltigen Kriegs=
ereignisse, in deren Folge Deutschland eine neue politische
Verfassung erhalten hat. Darum haben im Reichstag die=
jenigen Parteien die Mehrheit erhalten, welche mit mehr
oder minder leidenschaftlichem Nachdruck gerade diese bestimmte
Verfassungsform auf ihre Fahne geschrieben hatten. Dies
hat sich schon bei den Präsidentenwahlen im Reichstag au
ganz entscheidende Weise herausgestellt. Es ist gewiß fü
jeden vorurtheilsfreien Geschichtsforscher schon jetzt unzweifel
haft, und die Zukunft wird noch weniger daran zweifel
daß die „Großdeutschen" und die „Kleindeutschen
gleichmäßig patriotisch deutschgesinnt waren. Allein dur
Ereignisse unwiderruflicher Art ist das politische Pr
gramm der großdeutschen Partei besiegt worden, und dar
ist sie auch besiegt worden bei den Wahlen. Nichts w

selbstverständlicher; die Grundlage der nunmehr für Deutschland gegebenen Verfassung muß von jetzt an von allen
Parteien angenommen werden, und es geschieht dieß auch.
Ein rein politischer Gegensatz trennt die Conservativen von den liberalen Parteien. Die Fortschrittspartei und die liberale Reichspartei gehören ihrem Wesen
nach zur nationalliberalen Partei, ebenso wie anderseits die deutsche Reichspartei sich als Anhängsel der
conservativen Fraktion herausstellen wird; es ist auf der
einen Seite der Grundsatz des Fortschritts nach abstracten
Begriffen hin, auf der andern Seite das Princip der Er-
haltung des geschichtlich Gewordenen, welches diese großen
Parteigruppirungen durchbringt.
Nach der nationalliberalen Partei hat es die
Fraction des Centrums zu der größten Mitgliederzahl
gebracht; und auch diese Thatsache entspricht vollkommen den
realen Verhältnissen im geistigen Leben der Nation. Denn
außer dem Krieg und seinen Folgen beschäftigt Nichts das
deutsche Volk so gewaltig, wie die religiöskirchlichen Fragen;
und diese Thatsache wird immer mächtiger und überzeugen-
der auftreten, je mehr wir uns in der Zeit von dem Kriege
entfernen werden.
Die Mitgliederzahl der Centrumspartei entspricht aber
noch keineswegs dem Verhältnisse der katholischen Bevölkerung Deutschlands zur protestantischen, und auch dieß
hat seine guten Gründe.
Die Reichstagswahlen haben ein für allemal bewiesen,
daß die katholische Bewegung in Deutschland ihren festen
Kern und Anhaltspunkt einzig nur in den preußischen
Provinzen Rheinland und Westphalen finden kann.
Hätten alle deutschen Katholiken mit der bewundernswerthen
Festigkeit und Treue gewählt, wie es in diesen Ländern ge-

ſchehen iſt, ſo würde die Partei des Centrums mehr als
doppelt ſo ſtark baſtehen, als dies jetzt der Fall iſt. Das
überwiegend katholiſche Süddeutſchland hat dem ruhmvollen
Beiſpiel der katholiſchen Provinzen Preußens ebenbürtig nach=
zufolgen nicht vermocht. Der Grund hiervon lag für's
Erſte in der politiſchen Niederlage Süddeutſchlands. Es
hatte ſich geſträubt — freilich nicht mehr, als das proteſtan=
tiſche Hannover — gegen den Anſchluß an Preußen; als
dieſer Anſchluß in Folge eines Krieges geſchehen mußte,
ſiegten bei den Wahlen die Anhänger Preußens naturgemäß;
und die Anhänger Preußens in Süddeutſchland waren eben
n i cht die Freunde der katholiſchen Kirche. Ein weiterer
Grund für den Ausfall der ſüddeutſchen Wahlen lag in der
beklagenswerthen Zerſprengung der patriotiſchen Partei
Baierns. Dieſe Zerklüftung iſt nur ein Vorſpiel; in
Baiern geht noch gar Viel der Zerſprengung entgegen, und
wenn wir die politiſchen Ideen des Fürſten Bismarck einiger=
maßen recht verſtehen, ſo dürfen wir den Stiftsprobſt
v. Döllinger wohl unter ſeine trefflichſten politiſchen Abju=
tanten zählen. Würtemberg hat bewieſen, wenn dies noch
zu beweiſen nöthig war, wie ſchwach die Wurzeln demokrati=
ſcher Ideen im Boden des deutſchen Volkes haften. In
Baden endlich hat die katholiſche Volkspartei trotz der un=
günſtigſten Verhältniſſe bei den Wahlen etwa 80,000 Stimmen
gegen ungefähr 130,000 Stimmen der nationalliberalen Partei
in's Feld geſtellt. Wie es gekommen iſt, daß gleichwohl von
14 Vertretern nur 2 der katholiſchen Volkspartei angehören,
dieß zu unterſuchen iſt hier nicht unſere Aufgabe.

Die Fraction des Centrums iſt trotz ihres beſten Willens,
nicht confeſſionell zu ſein, confeſſionell geblieben. Sie iſt es ge=
blieben aus dem einfachen Grunde, weil ſeither nicht ein ein=
ziger Angehöriger einer anderen als der katholiſchen Kirche ſich

ihr angeſchloſſen hat. Und dennoch hätte ſogar der Jsraelite
Lasker dieſer Partei beitreten können und beinahe beitreten
ſollen. Denn ihr Programm läßt ſich ſchließlich zuſammen-
faſſen in der Beobachtung der zehn Gebote, welche. Gott dem
Volke Laskers auf dem Berge Sinai gegeben hat. Allein
man hat gut wünſchen, es möge keine confeſſionellen Parteien
geben. Die Gewalt der Thatſachen iſt eben größer, als alle
dieſe frommen Wünſche. Wenn ſämmtliche politiſche Parteien
ſich gegen die Lebensintereſſen der katholiſchen Kirche vereinigen, ſo bilden die Vertheidiger dieſer Intereſſen von ſelbſt
eine katholiſche Partei. So iſt die Sache in Baden gegangen;
und die Partei des Centrums im Reichstage, welche ſo vor-
ſichtig den confeſſionellen Charakter zu vermeiden ſuchte, be-
fand ſich wenige Tage nach Eröffnung der Verſammlung
ganz genau in derſelben Lage, in welcher ſich die katholiſche
Volkspartei im badiſchen Landtag befunden hat. Der tiefſte
Grund dieſer Vereinigung aller möglichen, ſich ſonſt auf's
Bitterſte bekämpfenden Parteien iſt den glaubenstreuen Katholiken ſehr wohl bekannt. Der göttliche Stifter ihrer Kirche
hat die Sache vorausgeſagt (Joh. 15, 18), und ſeine Worte
werden auch in dieſer Frage nicht vergehen. Allein dieſe
Gedanken paſſen für unſere Gegner nicht, und wir laſſen
dieſelben bei Seite. Thatſache iſt, daß die Fraction des
Centrums allein im deutſchen Reichstag für die Rechte der
katholiſchen Kirche eingetreten, daß ſie in Wahrheit die katholiſche Partei des Reichstages iſt, daß ihr bei ihren
Beſtrebungen die geſchloſſene Macht aller übrigen Parteien
in feſter Vereinigung gegenübertrat, und daß dieſe Geſtaltung
der Dinge mit leichter Mühe vorauszuſehen war. Je mehr
im Verlaufe der Zeit der Beſtand und die Mitgliederzahl
dieſer katholiſchen Partei ſich der Verhältnißzahl der katholiſchen Bevölkerung Deutſchlands annähern wird, deſto näher

wird, sie der Erreichung ihrer Ziele sein; um aber so weit zu kommen, müssen die Katholiken Süddeutschlands sich fest und treu anschließen an die erprobten Kämpfer des katholischen Nordens, in welchen nun für alle weiteren Bestrebungen der Zukunft ein unzerstörbarer Kern und eine feste Mauer gegeben ist.

Wenn man im Lichte der bisher entwickelten Gedanken den aus den Wahlen des 3. März hervorgegangenen Reichstag in seiner allgemeinen Gestalt und mit Rücksicht auf die augenblicklichen politischen Verhältnisse betrachtete, so konnte man recht wohl die Frage aufwerfen: Wird es nicht besser sein, bei diesem ersten Reichstag alle großen grundsätzlichen Fragen katholischer Interessen zu vermeiden, und sich auf die feste Bildung und zweckmäßige Organisation der Partei für und über ganz Deutschland für dießmal zu beschränken?

Der Verfasser dieser Schrift bescheidet sich gerne vor der besseren Einsicht so hervorragender Männer, wie die Führer der Katholiken im deutschen Reichstag sind; allein er bekennt offen, daß er bei nachdenkender Betrachtung der Wahlergebnisse sich sehr geneigt fühlte, die obige Frage zu bejahen. Der Gang der Dinge im Reichstage selbst hat zu der entgegengesetzten Handlungsweise geführt; das materielle Unterliegen unserer Sache war für dießmal gewiß; daß der geistige Kampf ein für diese Sache ehrenvoller war, das werden selbst die heftigsten Gegner nicht zu bestreiten wagen.

II.

Die Adreßdebatte am 30. März 1871.

In der Thronrede, mit welcher Seine Majestät der deutsche Kaiser am 21. März d. J. den ersten deutschen Reichstag eröffnete, kam bekanntlich folgende Stelle vor:

„Der Geist, welcher in dem deutschen Volke lebt, und seine Bildung und Gesittung durchbringt, nicht minder die Verfassung des Reiches und seine Heeres=Einrichtung bewahren Deutschland inmitten seiner Erfolge vor jeder Versuchung zum Mißbrauche seiner durch seine Einigung gewonnenen Kraft. Die Achtung, welche Deutschland für seine eigene Selbständigkeit in Anspruch nimmt, zollt es bereitwillig der Unabhängigkeit aller anderen Staaten und Völker, der schwachen wie der starken. Das neue Deutschland, wie es aus der Feuerprobe des gegenwärtigen Krieges hervorgegangen ist, wird ein zuverlässiger Bürge des europäischen Friedens sein, weil es stark und selbstbewußt genug ist, um sich die Ordnung seiner eigenen Angelegenheiten als sein ausschließliches, aber auch ausreichendes und zufriedenstellendes Erbtheil zu bewahren."

Wenn man diese Sätze der kaiserlichen Thronrede unbefangen und leidenschaftslos prüft, und dieselben sodann auf einen möglichst kurzen und knappen Ausdruck zurückzuführen sucht, so werden dieselben wohl nicht mehr und nicht weniger bedeuten, als: „Das neue deutsche Reich soll und will keine Eroberungspolitik treiben." In diesem naturgemäßen Sinne aufgefaßt verdienten die kaiserlichen Worte die freudigste Erwiederung in der Antwortsadresse des Reichstags auf die Thronrede; in diesem Sinne aufgefaßt würden dieselben bei keiner Partei Widerspruch gefunden haben, am allerwenigsten bei der Partei des Centrums. Wäre es bei dieser maßvollen Auslegung der Thronrede ge= blieben, so wäre es sicherlich den Führern der Katholiken nicht im Traume eingefallen, im gegenwärtigen Augenblick eine Intervention der deutschen Reichsregierung zu Gunsten des beraubten Papstes zu verlangen.

Es ist zwar unzweifelhaft, daß die widerrechtliche Hin= wegnahme Roms keineswegs zu den inneren Angelegenheiten des Königreichs Italien oder des italienischen Volkes gehört. Es ist dieß eben so wenig der Fall, als es eine innere An= gelegenheit des deutschen Reiches sein würde, wenn man die deutsch=österreichischen Provinzen mit der Reichshauptstadt Wien „holen" wollte. Es ist ferner von allen europäischen Mächten anerkannt, daß das Oberhaupt der a l l g e m e i n e n, der k a t h o l i s c h e n Kirche nicht Unterthan eines bestimmten Staates sein darf, und daß hiebei nicht nur die Katholiken der verschiedenen Staaten, sondern diese Staaten selbst, a l s s o l c h e, im höchsten Grade interessirt sind. Die Richtigkeit dieser Behauptung ist auch von dem deutschen Kaiser selbst öffentlich und feierlich anerkannt worden. Wir wissen zwar nicht, welche Antwort der Kaiser jener katholischen Deputation gegeben hat, welche ihm in Versailles die Anliegen der Katholiken vorgetragen haben soll. Wir wissen auch nicht, welcher königliche Bescheid jenen 56 katholischen Mitgliedern des preußischen Abgeordnetenhauses zu Theil geworden ist, die am 18. Februar d. J. mittelst einer eigenen Abresse die Aufmerksamkeit ihres Monarchen auf die schwer bedrängte Lage des Oberhauptes der katholischen Christenheit gelenkt haben. Wohl aber wissen wir, und wir werden es nicht vergessen, daß der König von Preußen in der Thronrede, mit welcher er am 15. November 1867 den preußischen Land=

tag eröffnete, folgende Worte gesprochen hat: „Das Be=
streben meiner Regierung wird dahin gerichtet
sein, einerseits dem Anspruche meiner katholischen
Unterthanen auf meine Fürsorge für die Würde
und Unabhängigkeit des Oberhauptes ihrer
Kirche gerecht zu werden, und anderseits den
Pflichten zu genügen, welche für Preußen aus
den politischen Interessen und den internatio=
nalen Beziehungen Deutschlands erwachsen."

Seit dem Jahre 1867 ist die Fürsorge für die Würde
und Unabhängigkeit des Papstes gewiß noch weit bringender
nothwendig geworden, und der Anspruch der 15 Millionen
deutscher Katholiken auf diese Fürsorge hat sicherlich an sei=
ner guten Begründung Nichts verloren.

Allein bei Alledem würde, wie gesagt, in dem gegenwär=
tigen Augenblick die Partei des Centrums die römische Frage
sicherlich nicht in Anregung gebracht haben, wenn man sie
nicht förmlich dazu gezwungen hätte.

Eine ächte, von keinem Parteifanatismus getrübte Vater=
landsliebe mußte lebhaft wünschen, daß der erste deutsche
Reichstag seine Antwort auf die Thronrede einmüthig,
wie Ein Mann, abgebe. Dies wäre möglich gewesen,
und es wäre gewiß geschehen, wenn nicht in dem von
dem Israeliten Lasker herrührenden Entwurf der Adresse
eine unbedingte Verurtheilung der deutschen Geschichte des
Mittelalters und ein ganz direkt gegen die Rechte des
heiligen Vaters gerichteter Satz erschienen wären.

Die betr. Stellen lauten: „Auch Deutschland hat einst,
indem die Herrscher den Ueberlieferungen eines fremdländischen
Ursprunges folgten, durch Einmischung in das Leben anderer
Nationen die Keime des Verfalls empfangen," und: „Die
Tage der Einmischung in das innere Leben anderer Völker

werden, so hoffen wir, unter keinem Vorwande, keiner Form wiederkehren."

Man muß es jedem einzelnen Menschen lediglich anheim=stellen, ob er die geschichtliche Anschauung, welche in dem ersten dieser beiden Sätze ausgesprochen ist, theilen will oder nicht. Die katholische Geschichtsauffassung findet bekanntlich die Keime und Ursachen zum Verfall des alten deutschen Reiches in ganz anderen Dingen, als sie hier angedeutet sind. Der Mann, welcher diesen Satz entworfen hat, mußte wissen, daß kein kirchentreuer Katholik denselben unterschrei=ben könne und werde; und wenn dieser Mann ein wirklich freisinniger Mann gewesen wäre, so hätte er einsehen müssen, daß man Niemanden zwingen kann, das Gegentheil seiner Ueberzeugung zu unterschreiben.

Der zweite der obigen Sätze hat zugestandenermaßen keinen anderen Sinn als den: „wir erwarten, daß die deutsche Reichsregierung sich in keiner Weise, auch nicht in diploma=tischer Form, des Papstes annehmen wird, die Italiener mögen mit ihm anfangen, was sie nur immer wollen." Durch diesen Satz wird wohl offenbar dem deutschen Kaiser zugemuthet, das Gegentheil von dem zu thun, was der König von Preußen am 15. November 1867 den preußischen Katho=liken verheißen hat. Es wird ferner die Möglichkeit ange=nommen, daß die Reichsregierung nach Vorwänden suche. Es wird endlich ein Satz aufgestellt, welchen alle Kenner des Völkerrechts für ebenso praktisch undurchführbar als wissenschaftlich unbegründet erklären.

Durch diese beiden Sätze war es den Katholiken offenbar zu einer vollständigen Unmöglichkeit gemacht, der Adresse beizutreten; sie waren genöthigt, ihrerseits eine solche zu entwerfen.

Aber auch in diesem Gegenentwurfe der Abgeordneten

Dr. A. Reichensperger und Genossen ist keineswegs irgend eine Intervention in der römischen Frage, auch nicht ein= mal eine diplomatische, verlangt: diese Frage wird mit keiner Silbe erwähnt. Es ist auch gänzlich unrichtig, was man gegen diesen Entwurf vorgebracht hat, daß er nämlich auf die kaiserliche Verneinung jeder Eroberungspolitik keine Antwort gebe. Der Abreßentwurf der Katholiken sagt viel= mehr ausdrücklich: „Was mit dem Einsatze so großer Opfer errungen worden, das wird Deutschland sich unter allen Umständen bewahren; es wird sich aber auch im Bewußtsein der erprobten Macht fortan um so eifriger seinen i n n e r e n A u f g a b e n zuwenden, allen anderen Staaten und Völkern eine Bürgschaft und ein Vorbild f r i e d l i c h e r E n t= w i c k l u n g."

Mit diesen Worten ist doch wahrhaftig jede Eroberungs= politik und jede u n b e f u g t e Einmischung in fremde Ange= legenheiten auf das Gründlichste zurückgewiesen; und die katholischen Abgeordneten hätten sich sicherlich nicht geweigert, auch jeder anderen Fassung beizutreten, welche bei dem Ge= danken der Thronrede stehen geblieben wäre, statt diesen ganz richtigen Gedanken in unnöthig verletzender Weise zu schärfen und zu übertreiben.

In der öffentlichen Reichstagssitzung vom 30. März fand die denkwürdige Berathung über die beiden Abreßent= würfe statt; das Ergebniß war bekanntlich, daß durch eine Coalition sämmtlicher conservativen und liberalen Fractionen des Reichstags gegen die Katholiken der Reichensperger'sche Entwurf abgelehnt, dagegen jener der Abgeordneten v. Ben= nigsen und Genossen mit 243 gegen 63 Stimmen ange= nommen wurde.

Es kann selbstverständlich nicht in unserer Absicht liegen, auf die einzelnen Reden dieser wichtigen Debatte näher ein=

zugehen. Wir müssen uns darauf beschränken, wenige wesent=
liche Gesichtspunkte hervorzuheben. Vor Allem wird man uns
kaum widersprechen können, wenn wir sagen, daß die Redner
der alleinstehenden katholischen Partei an geistigem Gehalt
und an formeller Meisterschaft ihrer Vorträge den vereinigten
Gegnern mehr als ebenbürtig gegenüber standen. Während
A. Reichensperger die völkerrechtliche Bodenlosigkeit der
aufgestellten Theorie nachwies und Bischof v. Ketteler
mit grandioser Ruhe auf die ewigen Grundlagen der Ge=
rechtigkeit und Gottesfurcht hinwies, die mehr als jede graue
Theorie das Glück und Heil der Völker begründen, war es
dem Abgeordneten Dr. Windthorst vorbehalten, mit seiner
ganz unvergleichlichen Meisterschaft und Schlagfertigkeit den
Kern der Frage dem Liberalismus gegenüber zu bezeichnen,
und den Nagel wahrhaft auf den Kopf zu treffen mit den
Worten: „Das Losungswort der Herren von der Linken
dürfte so lauten: Wir wollen überall interveniren, nur in
der römischen Frage nicht. Aber dadurch wollen sie wiederum
erklären: In dem neuen Deutschland werden wir die legalen
Interessen der katholischen Mitbürger nicht berücksichtigen!
— ihre berechtigten Interessen! ja, ich spreche es unum=
wunden aus, es ist ein wesentlicher Punkt für die katholische
Bevölkerung Deutschlands, daß das Oberhaupt ihrer Kirche
unabhängig und frei sei und bleibe. Unumgänglich steht
fest, das es diese Selbständigkeit niemals haben wird als
Unterthan, als geduldeter Miteinwohner! Ja! es ist un=
zweifelhaft: Die Grundlage zu dieser Unabhängigkeit, zu
dieser Selbständigkeit ist eine fest fundirte Souveränetät."
Ueber diese kurzen Worte hinaus läßt sich eigentlich in der
ganzen Frage gar Nichts mehr sagen, und wir sind fest
überzeugt, daß diese Worte tief eingegraben bleiben in dem
Bewußtsein der deutschen Katholiken.

Von den Rednern der Majorität wußte nur v. Ben=
nigsen seinen Standpunkt in staatsmännischer Weise zu
vertreten, wiewohl auch er beinahe komisch wurde, indem er
von den verhängnißvollen Kämpfen der deutschen Kaiser
gegen die römische Kirche sprach, Kämpfe, welche erneuern
zu helfen sicherlich nicht das Bestreben der katholischen Partei
im deutschen Reichstag ist. Der fortschrittliche Abgeordnete
Schulze gab die staunenswerthe Erklärung ab, daß Cen=
tralisation unser Ziel und unsere Aufgabe sei, und der
Abgeordnete Miquel wußte außer dem Danke für den
Reichskanzler gar wenig von Bedeutung beizubringen. Die
leeren Redensarten der Herren Römer und Völk waren
sicherlich den Geistreicheren ihrer eigenen Partei gar zu ge=
ringfügig. Interessant war dagegen das Auftreten des
Grafen Bethusy=Huc gegenüber den Katholiken und ins=
besondere gegenüber dem Bischof v. Ketteler. Indem der
Graf mit offenbarer Gereiztheit den Bischof eines falschen
Scheines beschuldigte, diesen Bischof, dessen erhabene Ge=
stalt ein Trost und ein Stolz aller deutschen Katholiken ist,
vergaß er gänzlich die falsche Stellung, in welche er
selbst als mehr oder minder conservativer Politiker sich durch
die vorbehaltlose Genehmigung des nationalliberalen
Geschichtsprogramms begeben hatte. Ganz ohne Grund
verwahrte er sich dagegen, daß irgend eine Partei die Gottes=
furcht zu ihrer Domäne mache. Die katholische Kirche weiß
und lehrt auf's Bestimmteste, daß der Geist Gottes wehet,
wo und wann er will. Den Katholiken fällt es nicht ent=
fernt ein, die Gottesfurcht für sich allein zu beanspruchen.
Wer aber im Volke lebt und dessen Zustände im Detail
kennt, der weiß, daß die in Deutschland vorhandenen reli=
gionsfeindlichen und gottlosen Elemente sich mit ganz beson=
derer Vorliebe in die Arme der liberalen Parteien, und

zwar ganz insbesondere in die Arme der nationalliberalen
Partei zu werfen pflegen. Wir beschuldigen keine Personen
am wenigsten die Personen der im Reichstag sitzenden nationalliberalen Führer; aber die Thatsache als solche
läugne wer kann! Die Debatte fand ihren Schluß
durch die Worte des Abgeordneten Probst, in welchen der
Patriotismus des großdeutschen Standpunktes zu seiner ge-
bührenden Ehrenrettung gelangte.

Es ist sehr bezeichnend, daß kein einziger Redner der
Majorität an dem Adreßentwurf der Katholiken das geringste
Sachliche auszusetzen wußte. Die vaterländische Gesinnung,
die Gesinnung gegenüber dem Reichsoberhaupt und gegenüber der siegreichen Armee hatte in diesem Entwurf einen
über jeden Tadel erhabenen Ausdruck gefunden; die Liebe
zum Frieden, die Mißbilligung jeder Eroberungspolitik war
ausdrücklich betont; eine Intervention in Rom war nicht
verlangt. Und gleichwohl mußte dieser Adreßentwurf fallen,
weil darin nicht gesagt war, daß es mit dem deutschen
Mittelalter Nichts sei, und daß man den Papst unter
allen Umständen seinem Schicksal überlassen müsse. Er mußte
fallen, weil er von der Partei des Centrums aus-
ging.

Die von dem Reichstag angenommene Adresse ist dem
Kaiser am Sonntag den 2. April durch eine Deputation
überreicht worden. Daß diese Deputation huldreich empfangen
wurde, daß der Kaiser sich im Allgemeinen der patriotischen
Gesinnung des Reichstags freute, dies verstand sich wohl
von selbst. Allein groß war der Triumph der liberalen
Parteien darüber, daß der Kaiser gesagt habe: „Die
Adresse beweist, daß die Worte meiner Thron-
rede durchaus richtig ergriffen worden sind."
Wir glauben, daß dieser Umstand nicht die große Bedeutung

hat, welche man ihm beizulegen sucht. Für's Erste sprach der Kaiser „in freier Rede", und was wir von seiner Ant= wort wissen, ist nur „ein im Schoße der Deputation ge= machter Versuch, den Wortlaut der kaiserlichen Antwort zu fixiren." So hat Präsident Simson selbst bei Eröffnung der Reichstagssitzung vom 3. April erklärt. Wir zweifeln natürlich nicht im Mindesten, daß dieser mit bestem Willen angestellte Versuch auch auf's Beste gelungen ist; allein die Bedeutung eines authentischen Aktenstückes, einer kaiser= lichen Staatsrede haben die uns in solcher Gestalt wie= dergegebenen Worte gleichwohl nicht. Sie haben keineswegs die Bedeutung eines Widerrufs der Thronrede vom 15. No= vember 1867, und der Kaiser hat bei seinen Worten an eine derartige Auffassung derselben sicherlich nicht gedacht.

Die Debatte vom 30. März hatte aber jedenfalls die Wirkung, daß die Stimmung der deutschen Katholiken we= sentlich beunruhigt wurde. Es ist bei allen ehrlichen Men= schen eine ausgemachte Sache, daß die Politik und Gesetz= gebung des Königreichs Italien diejenigen Bürgschaften für die Würde und Unabhängigkeit des heiligen Vaters nicht zu bie= ten vermag, welche die ganze katholische Welt verlangen muß und auch wirklich verlangt. Wenn daher die überwiegende Mehrheit des deutschen Reichstages sich dahin ausspricht, daß man das Haupt der katholischen Kirche unter allen Umstän= den seinen Bedrängern schutzlos überlassen müsse, ohne auch nur ein Wort der diplomatischen Einrede wagen zu dürfen, so kann man es den deutschen Katholiken wohl nicht ver= übeln, wenn sie ein wesentliches Lebensinteresse ihrer Kirche für schwer gefährdet halten. Wir wissen, daß die gefaßten Beschlüsse des Reichstages als solche zu respektiren sind; wir sind weit entfernt von der Beschuldigung, daß der Reichstag als solcher von feindseliger Gesinnung gegen die katholische

Kirche geleitet werde. Wir haben auch die ganz bestimmte Hoffnung, daß die praktischen Folgen des am 30. März ge=faßten Reichstagsbeschlusses sich auf sehr mäßige Grenzen be=schränken werden; wir werden hievon weiter unten noch ein Wort sprechen. Aber die Thatsache dürfen wir uns auszu=sprechen erlauben, daß die ganze Verhandlung vom 30. März in weiten und zahlreichen Kreisen des deutschen Volkes einen tief verstimmenden Eindruck hervorgebracht hat. Ein in Preußen erscheinendes öffentliches Blatt, die „Breslauer Hausblätter", hat dieser Stimmung einen Ausdruck ge=geben, welchen wir, ohne uns denselben in seiner ganzen Bitterkeit anzueignen, rein thatsächlich erzählend anführen wollen. Dieses Blatt sagt:

„Die Reden an der Spree durchlaufen das Land. Als der Judenknabe Mortara getauft und katholisch erzogen wurde, durch=rieselte ein gelinder Schauer die Cabinete; in der Presse brauste der Sturm: Intervention zu Gunsten der Religions=freiheit! Als man den politischen Proselytenmacher Madiai in Spanien hinter Schloß und Riegel setzte, hörte man ein Wehegeschrei in dem protestantischen Deutschland: Intervention zu Gunsten der Protestanten! Als die von den Juden ausgesogenen Donaufürstenthümer gegen ihre Blutegel sich erhoben, beeilten sich die Cabinete, „unseren Leuten" beizuspringen: Intervention zu Gunsten der Juden! Als die Revolution das Oberhaupt der katholischen Kirche beraubt und im Vatikan gefangen gesetzt hatte, da ging ein Freudenruf durch das evangelische Deutschland: keine Intervention zu Gunsten der Katholiken! Die Katholiken wissen, was sie zu erwarten haben."

III.

Die Verfassungsdebatte am 1., 3. und 4. April 1871.

Nach dem Ausgang der Abreßdebatte konnte es als ma-
thematisch gewiß betrachtet werden, daß jeder grundsätz-
liche Antrag der Centrumsfraction vor der Coalition aller
übrigen Parteien unterliegen werde. Es mußte sich daher
gewiß nochmals die Frage aufwerfen, ob es zweckmäßig sei,
den Antrag auf Gewährung eines gemeinsamen Rechtszustandes der katholischen Kirche in ganz Deutschland schon auf
diesem ersten Reichstage zu stellen. Der Verfasser dieser
Schrift bekennt hier abermals, daß er sich sehr geneigt
fühlte, diese Frage zu verneinen; er zweifelt aber nicht, daß
triftige Gründe die entgegengesetzte Entscheidung der Centrumspartei herbeigeführt haben.

Bekanntlich hat der Artikel 4 der Reichsverfassung unter
Ziff. 16 die Bestimmungen über die Presse und das Vereinswesen der Beaufsichtigung Seitens des Bundes und der
Gesetzgebung desselben unterstellt. Es war also durchaus
nicht eine Competenz-Erweiterung, wenn eine grundrechtliche
Feststellung hinsichtlich der Presse und der Vereine verlangt
wurde. Anderseits konnten die katholischen Abgeordneten
umfassende und vollständige Grundrechte nicht bean-
tragen, eben weil eine Competenz-Erweiterung nicht beab-
sichtigt und durch den angeführten § 4 Ziff. 16 eine feste
Grenze gezogen war. Daß aber die Verhältnisse der Kirche
mit der Vereinsgesetzgebung im engsten Zusammenhang stehen,
das ist an und für sich klar und wird namentlich nach dem
preußischen Klostersturm eines Beweises nicht mehr bedürfen.
Unter diesen Umständen war der Antrag, welchen die Abge-

ordneten P. Reichensperger und Genossen bei Berathung
der neuen Redaction der Reichsverfassung zu Artikel 2 u. ff.
gestellt haben, die Bejahung der Zweckmäßigkeitsfrage vor-
ausgesetzt, nach allen Richtungen ein durchaus correcter. Es
ist recht wohl der Mühe werth, diesen Antrag nebst seiner
kurzen Begründung hier nochmals abzudrucken, damit man
sich immer wieder daran erbaue, welche Plane eigentlich diese
„ultramontanen, in das stockfinstere Mittelalter, in die ärgste
Verdummung und unerhörte Geisteskknechtschaft zurückstreben-
den Abgeordneten" im Reichstage verfolgten. Der Antrag
lautet:

„Der Reichstag wolle beschließen, in die Verfassung des Deutschen Reiches hinter Art. 1 die nachfolgenden Zusatz-Bestimmun-
gen aufzunehmen und demgemäß die Nummern der weiteren Artikel abzuändern: II. Grundrechte. Art. 2. Jeder Deutsche
hat das Recht, durch Wort, Schrift, Druck und bildliche Darstellung seine Meinung frei zu äußern. Die Censur darf nicht
eingeführt werden; jede andere Beschränkung der Preßfreiheit nur
im Wege der Gesetzgebung. Art. 3. Vergehen, welche durch
Wort, Schrift, Druck oder bildliche Darstellung begangen werden,
sind nach den allgemeinen Strafgesetzen zu bestrafen. Art. 4.
Alle Deutschen sind berechtigt, sich ohne vorgängige obrigkeitliche
Erlaubniß friedlich und ohne Waffen in geschlossenen Räumen zu
versammeln. Diese Bestimmung bezieht sich nicht auf Versammlungen unter freiem Himmel, welche auch in Bezug auf vorgängige
obrigkeitliche Erlaubniß der Verfügung des Gesetzes unterworfen
sind. Art. 5. Alle Deutschen haben das Recht, sich zu solchen
Zwecken, welche den Strafgesetzen nicht zuwiderlaufen, in Gesellschaften zu vereinigen. Das Gesetz regelt, insbesondere zur Auf-
rechthaltung der öffentlichen Sicherheit, die Ausübung des in
diesem und dem vorstehenden Artikel (4) gewährleisteten Rechts.
Politische Vereine können Beschränkungen und vorübergehenden
Verboten im Wege der Gesetzgebung unterworfen werden. Art. 6.
Die Freiheit des religiösen Bekenntnisses, der Vereinigung zu

Religions = Gesellschaften und der gemeinsamen häuslichen und öffentlichen Religions-Uebung wird gewährleistet. Der Genuß der bürgerlichen und staatsbürgerlichen Rechte ist unabhängig von dem religiösen Bekenntnisse. Den bürgerlichen und staatsbürger= lichen Pflichten darf durch die Ausübung der Religionsfreiheit kein Abbruch geschehen. Art. 7. Die evangelische und die römisch= katholische Kirche, so wie jede andere Religions-Gesellschaft, ordnet und verwaltet ihre Angelegenheiten selbständig und bleibt im Besitz und Genuß der für ihre Cultus=, Unterrichts= und Wohl= thätigkeits=Zwecke bestimmten Anstalten, Stiftungen und Fonds."

Motive. „In Folge Uebereinkommens zwischen dem norb= deutschen Bunde und den Großherzogthümern Baden und Hessen sind in Art. 4 Nr. 16 der deutschen Reichsverfassung der Gesetz= gebung des Reiches auch „die Bestimmungen über die Presse und das Vereinswesen" zugewiesen worden. Diese hochwichtigen Rechts= materien haben aber bereits in den meisten Bundesstaaten, ins= besondere auch in Preußen, unter der Form von Grundrechten verfassungsmäßige, für die Landesgesetzgebung maßgebende Ga= rantieen erhalten, und es kann nicht in der Absicht der deutschen Reichsverfassung liegen, diese Garantieen durch bedingungslose Ueberweisung der betreffenden Gesetzgebung an das Reich für die Zukunft in Frage zu stellen. Es ist daher jetzt geboten, die ent= sprechenden bewährten Bestimmungen der Art. 27, 28, 29 und 30 der preußischen Verfassungs=Urkunde, so wie die damit in un= mittelbarer Verbindung stehenden Bestimmungen der Art. 12 und 15 ibid. in die deutsche Reichsverfassung aufzunehmen, damit die= selbe nicht bloß als eine Schutzwehr nationaler Sicherheit und Ord= nung, sondern auch als eine Bürgschaft nationaler Freiheit bastehe."

Vor Allem müssen wir hier die unwahre, entweder auf großer Unwissenheit oder auf unverantwortlicher Unredlich= keit beruhende Behauptung zurückweisen, „daß diese Anträge mit den Ueberlieferungen der katholischen Kirche, wie sie noch neuerdings feierlich bestätigt worden sind, in entschiedenem Widerspruch stehen." Bei dieser Behauptung haben die

2*

Gegner vorzugsweise die päpstliche Encyclika vom 8. Dezbr. 1864 nebst dem ihr beigefügten Verzeichniß von Irrthümern unserer Zeit, sowie die Kundgebung des heiligen Stuhles gegenüber der österreichischen Concordatsaufhebung im Auge. Dieß sind Actenstücke, welche man wenigstens studiren sollte, ehe man darüber ein Verdammungsurtheil fällt. Wer sich aber die Mühe dieses Studiums nicht verdrießen läßt, der wird finden, daß weder die Encyclika, noch der Syllabus auch nur ein Wort gegen die Gewährung einer gesetzlich geordneten Preß = Vereins = und Versammlungs = Freiheit ent= halten, und daß hinsichtlich der verschiedenen religiösen Be= kenntnisse keineswegs die Rechtsordnung eines paritätischen Staates verurtheilt, sondern einfach die Wahrheit ausge= sprochen ist, eine schrankenlose Befugniß zur Aussprechung jeder beliebigen Meinung und Ausübung jedes be= liebigen Religionssystems gereiche den Völkern zum gei= stigen und sittlichen Nachtheil. Diesen Satz wird jeder vernünftige Staatsmann billigen müssen. Was aber Oester= reich betrifft, so hat eigentlich der Papst nur das Nämliche ausgesprochen, was die „Pontus=Conferenz“ sagen zu müssen glaubte, was aber schon vorher jeder Studirende der Rechte im ersten Semester lernen mußte, daß nämlich von einem doppelseitigen Vertrag keine Vertragsperson einseitig und willkürlich sich lossagen könne, und daß die entgegengesetzte Handlungsweise nebst ihren Folgen rechtlich ungiltig sei. Dieß sind die „Ueberlieferungen der katholischen Kirche“, einer Kirche, die seit ihrer Gründung jeder vernünftigen und ge= ordneten Freiheit auf allen Lebensgebieten Schutz und Hilfe hat angedeihen lassen, wie sie denn überhaupt keine andere Aufgabe kennt, als die, uns Menschen von dem Mißbrauch der Freiheit zu erlösen und zur wahren Freiheit der Kinder Gottes zu erheben.

An den denkwürdigen Tagen des 1., 3. und 4. April wurde nunmehr im Reichstag über den obigen Antrag verhandelt und derselbe schließlich, wie mit Bestimmtheit zu erwarten war, mit 223 gegen 59 Stimmen verworfen. Es ist sehr merkwürdig, daß in dieser ganzen Verhandlung sich von Seiten der Gegner der katholischen Partei unausgesetzt die größte Heftigkeit und Lei= denschaft offenbarte. Die Redner unserer Partei wurden fort= während unterbrochen, während sie selbst in der unerschütter= lichsten Ruhe verharrten. Die Wogen des Hasses gegen die „römische Kirche“ schlugen aus den Herzen einzelner Abge= ordneten auch gar zu mächtig hervor.

Der Antrag der Katholiken wurde von zwei Seiten durch Anträge auf motivirte Tagesordnung bekämpft.

Die Fortschrittspartei wollte den Uebergang zur Tagesordnung, weil erst nach redactioneller Feststellung der Reichsverfassung deren „Ausbau“ in Angriff genommen werden könne, und weil die von den Katholiken verlangten Grundrechte unvollständig seien. Ueber diesen letztern Punkt haben wir das Nöthige schon gesagt. Den ersten Grund hat sich die Fortschrittspartei selbst unter den Füßen hinweg= gezogen, indem sie nicht nur einer materiellen Veränderung des Art. 8 der Verfassung hinsichtlich des diplomatischen Ausschusses zugestimmt, sondern auch seither ihrerseits durch den Antrag auf Einführung von Diäten der Reichstagsab= geordneten selbst eine Verfassungsänderung angestrebt hat. Bei dieser Gelegenheit sei es uns gestattet, auch unsere Pri= vatmeinung über die Diätenfrage auszusprechen. Die Diäten= losigkeit gegenüber dem Staat scheint uns ohne allen Zweifel das Anständigere und Noblere zu sein; auch hat Fürst Bis= marck gewiß Recht, wenn er behauptet, die diätenlosen Par= lamente seien die kürzesten. Da nun aber manche Männer von entschiedenem politischem Beruf Diäten nicht entbehren

können und Almosen nicht annehmen wollen, so sollten unseres
Erachtens sämmtliche Parteien ihren Abgeordneten durch
förmlichen Cartelvertrag übereinstimmend festgesetzte Diäten
und Reisekosten vergüten, auch einen Verzicht hierauf nicht
zulassen. Selbstverständlich könnte hintennach ein Jeder über
das Empfangene nach Gutbünken verfügen. Dieser Vorschlag
setzt nur voraus, daß die Parteien unter sich überein=
kommen; eine besondere Last würde er kaum schaffen; denn
wenn der Staat Diäten zahlt, kommen sie schließlich auch
aus den Geldbeuteln der Parteimitglieder. Doch kehren wir
zu unserem Gegenstand zurück.

Der zweite Antrag auf Tagesordnung ging von der
deutschen Reichspartei aus, und wurde leider durch
Auchkatholiken vertreten. Er beruft sich vorzugsweise auf
die blos formelle Aufgabe der Verfassungsberathung, findet
nebenbei den Reichensperger'schen Antrag ungenügend, und
will gleichfalls die befriedigende Regelung der Beziehungen
zwischen Staat und Kirche dem „weiteren Ausbau“ der Ver=
fassung vorbehalten.

Die Abgeordneten Sonnemann und Genossen endlich
wollten zwar für Presse und Vereine Etwas thun, aber
Nichts für die Kirche.

Wenn man unbefangen und ganz leidenschaftslos die
Artikel 2 bis 5 des Antrags der Katholiken liest, so sollte
man es für schlechterdings unmöglich halten, daß ein
„Liberaler“ ohne Schamröthe gegen diese Sätze zu stimmen
vermöchte; und wenn man die Artikel 6 und 7 liest, so
findet man es ebenso unbegreiflich, daß ein „Conservativer“
gegen diese Vorschläge aufzutreten im Stande ist. Freilich,
wenn etwas von den „Ultramontanen“ vorgeschlagen wird,
so ändert sich sofort die ganze Natur der Sache.

Die einzelnen Reden, welche in dieser heftig bewegten De=

hatte von beiden Seiten gehalten wurden, können bereits als geistiges Gemeingut der Nation betrachtet werden; wir werden sie weder abschreiben noch ausziehen; vielmehr beschränken wir uns auch hier auf wenige charakterisirende Bemerkungen.

Der Antragsteller P. Reichensperger begründete den Antrag in der ruhigsten und objectivsten Weise nach seiner rechtlichen und politischen Correctheit, und wies schlagend darauf hin, wie heilbringend für den preußischen Staat diejenigen Verfassungsbestimmungen gewesen sind, deren Ausdehnung auf das ganze Reich der Antrag der Katholiken bezweckte. Bischof v. Ketteler hat in seiner Rede vom 3. April das ebenso denkwürdige als genau zutreffende Wort ausgesprochen, daß der Antrag der Centrumspartei die magna charta des Religionsfriedens in Deutschland sei. In der That wird dieser Religionsfrieden und mit ihm die innerliche Begründung des neuen Reiches nicht erreicht werden, so lange nicht dem Antrag unserer Vertreter, der von jetzt an immer wiederkehren wird, in einer oder der andern Form entsprochen ist.

Dem Abgeordneten Greil gebührt das Verdienst, nachgewiesen zu haben, wie gut auch die bairischen Verhältnisse sich zu dem Antrage der Centrumspartei fügen.

Die Reden des Abgeordneten Dr. Windthorst reißen zur Bewunderung hin; auch in der Verfassungsdebatte bewährte er seine Meisterschaft. Eine Unterbrechung von Seiten des Präsidenten zog ihm der an die liberalen Parteien gerichtete Satz zu: „Sie wollen Freiheit und Macht für sich, und für die Anderen die Knechtschaft."

Indem der Abgeordnete v. Mallinckrodt die Reden der Herren aus Baden und namentlich des Abgeordneten Kiefer mit dem Geknatter der Mitrailleusen verglich, hat er sich als einen wahrhaft malerischen Redner bewährt

und namentlich auch bei dem Schreiber dieser Zeilen, der e
volles halbes Jahr lang im Feuer dieser Mitrailleusen stan
ohne seines Wissens von einer einzigen Kugel getroffen
werden, die heitersten und lebendigsten Erinnerungen hervo
gerufen.

Der Abgeordnete Dr. Probst bewährte auch bei diese
Gelegenheit wieder, wie sehr er ruhige Milde mit ernste
Kraft, weitgehenden Freisinn mit katholischer Frömmigkeit
vereinigen weiß.

Dem Abgeordneten Dr. A. Reichensperger endlic
welcher die Stellung seiner Partei mit einer von concentrische
Feuer bestürmten, belagerten Festung verglich, fiel die müh
same Aufgabe zu, die verschiedenen Einwendungen der Gegne
in einem glänzenden Schlußresumé zu widerlegen. Su
badischen Landtag von 1869/70 war dies mehrfach die Auf
gabe des Abgeordneten Dekan Lender; wir wissen, wa
dazu gehört, und verstehen beßhalb vollkommen, in wi
glänzender Weise der Abgeordnete Reichensperger seine Auf
gabe gelöst hat.

Daß in der ganzen Debatte die Vertreter der Centrums
partei noch mehr als bei der Adreßdebatte ihren Gegner
an Geist und Rednergabe sich überlegen zeigten, dieß wir
nicht etwa bloß von uns behauptet, sondern es wir
sogar von demokratischer Seite unumwunden zugegeben, un
die leidenschaftliche Heftigkeit anderer Parteien deutet darau
hin, daß man bei ihnen diesen Sachverhalt wenigstens fühl
Auf Seiten der Gegner schien uns der Abgeordnet
v. Treitschke unermeßlich schwach; sein Wunsch, Deutsch
land endlich einmal zur Ruhe kommen zu lassen, wir
auf keinem Wege weniger zu erreichen sein, als auf de
von der Reichstagsmehrheit eingeschlagenen.

Der Abgeordnete Graf Renard hatte sich das traurig

Vorrecht vorbehalten, als Katholik die Beschlüsse des vati=
kanischen Concils im Reichstag zu bekämpfen. Sein Auf=
treten mahnte uns von Neuem an unsere Meinung, daß
die kirchliche Autorität vielleicht wohl gethan hätte, wenn
sie den ganzen Döllinger'schen Handel gleich Anfangs durch
ein entschlossenes Wort, welches nun doch gesprochen werden
muß, zu Ende geführt hätte; die Sache wäre jetzt schon
längst todt, und hätte nicht mehr im Reichstag mißbraucht
werden können. Warum Graf Renard eine Untreue gegen
die Süddeutschen darin finden kann, wenn man den süd=
deutschen Katholiken die nemlichen Rechte gewährt, welche
die norddeutschen Katholiken seit 20 Jahren besitzen, dieß
verstehen wir wirklich nicht.

Der Abgeordnete Dr. Löwe vertrat in anständiger und
loyaler Weise den Standpunkt der Fortschrittspartei; seinem
Auftreten können wir nur Anerkennung zollen.

Merkwürdig war die Rolle des Abgeordneten v. Blancken=
burg, welcher die conservative Partei gegen die Rechte
der Kirche ins Feuer zu führen hatte. Was er unter den
heidnischen Blumen und unter dem römischen Capitäl ver=
steht, welche die katholische Partei dem christlich=germanischen
Pfeiler des deutschen Reiches an= und aufzusetzen beabsich=
tige, das hat er uns nicht gesagt. Wir fragen Jeden, der
den Antrag der Abgeordneten P. Reichensperger und
Genossen gelesen hat, was hieran Heidnisches oder Römisches
zu entdecken ist.

Der Verfasser dieser Schrift möchte gegen den Abgeord=
neten Kiefer, mit welchem er manchen parlamentarischen
Strauß in Ehren ausgefochten hat, am allerwenigsten per=
sönlich feindselig auftreten. Was aber Kiefer am 3. April
unter dem Beifall seiner Parteigenossen gesprochen hat, das
war denn doch gar zu schwach. Die Behauptung, daß

2 **

die vorgeschlagenen Bestimmungen der preußischen Verfassun
schlimmer seien als das schlimmste Concordat, richtet sich i
ihrer Abenteuerlichkeit von selbst. Die fernere Behauptung
der Staat sei „die einzige Quelle der Gesetzgebung", kann
der Oberstaatsanwalt Kiefer in jedem Lehrbuch und in
jedem Collegienheft über juristische Encyklopädie, ja er kann
sie sogar in dem „deutschen Privatrecht" seines Freundes
Bluntschli in ihrer ganzen Nichtigkeit kennen lernen. Wenn
Kiefer Friedrich den Großen als den Begründer des moder-
nen deutschen Staates betrachtet, so ist dieß gleichfalls ein
großartiger Irrthum. Den preußischen Staat begründete
der große Churfürst, das Königreich Preußen entstand unter
Friedrich I., der moderne Staat im Allgemeinen durch die
Reformation, das neue deutsche Reich durch den Fürsten
Bismarck; im Uebrigen mag der Abgeordnete Kiefer Fried-
rich den Großen bewundern, so viel er will.

Der Abgeordnete Bebel steht außerhalb des Bereiches
unserer Kritik, indem er sich selbst als einen Mann bezeich-
nete, der „glücklicher Weise mit den religiösen Dogmen ge-
brochen hat".

Der ehrlichste aller nationalliberalen Redner war gewiß
der Abgeordnete und Bankdirector Miquel, indem er sprach:
„Deutschland hat vollkommen klar und bewußt
die Absicht, Sie zu schlagen." Unter Deutschland ver-
steht der Abgeordnete Miquel natürlicherweise nur sich und
seine Partei, welcher gegenüber die so und so viel Millionen Katholiken ihm als ein wahres „Nasenwasser" erscheinen. Er ist fest entschlossen, Alles niederzuschlagen, was von
der ultramontanen Partei ausgeht, im Uebrigen weiß er
nicht viel vorzubringen; denn dafür, daß die protestantische
Kirche die ihr bewilligten Freiheiten nicht gehörig benützt
hat, kann gewiß die katholische Kirche Nichts.

Der Abgeordnete Marquard-Barth wünscht den
Kampf mit dem Ultramontanismus in Baiern allein zu
beendigen; wir unsererseits wünschen ihm hiezu viel Ver=
gnügen.

Die Abgeordneten Frhr. Schenk v. Staufenberg
und Graf v. Frankenberg machten sich viel mit dem
angeblichen „Scheidungsprozeß" in der katholischen Kirche
u. drgl. zu schaffen, was offenbar mit dem Antrag der Ka=
tholiken in gar keiner Beziehung steht; der Abgeordnete
Crämer endlich wünschte den Geistlichen (wohl nur den
katholischen) das active und passive Wahlrecht entzogen zu
sehen; auch hier ist nicht einzusehen, was dieser Wunsch mit
dem Gegenstand der Berathung zu thun haben soll.

Durch die ganze Debatte klang ein geheimer Wunsch
hindurch, welcher in den Reden der Abgeordneten v. Treitschke
und Kiefer vielleicht am deutlichsten sichtbar wurde, nämlich
der Wunsch, die das Recht und die Selbständigkeit der
katholischen Kirche gewährleistenden Bestimmungen der preußi=
schen Verfassung nicht nur nicht in die Reichsverfassung
aufzunehmen, sondern dieselben gelegenheitlich auch aus der
preußischen Verfassung herausrevidirt zu sehen. Von
all' den beunruhigenden und verstimmenden Eindrücken, welche
die ganze Debatte unstreitig bei dem katholischen Volke
Deutschlands hervorgerufen hat, wird gerade dieser Ein=
druck am peinlichsten berühren und fortwirken. Es ist nun
ohne Zweifel recht gut, daß die ganze Verhandlung statt=
gefunden hat. Es hat vielleicht bis in die ersten Tage des
April 1871 mancher preußische und deutsche Katholik daran
gezweifelt, ob die fortschrittlichen Parteien wirklich weiter
gehende Plane gegen die Kirche im Schilde führen. In
Zukunft zweifelt Mancher nicht mehr, nachdem er die Reden
einzelner Sprecher im Reichstage gelesen hat. Wir sind

weit davon entfernt, der Mehrheit des gegenwärtigen Reichs=
tages als solcher kirchenfeindliche Absichten unterzuschieben;
wir beklagen es, daß durch ein Zusammenwirken der man=
nigfachsten Verhältnisse im Reichstag eine Coalition Aller
gegen die katholische Partei entstehen konnte. Allein bei
allem Respect vor der hohen Versammlung als solcher und
bei aller Achtung für viele Einzelne in ihr scheiden wir doch
von dieser ganzen Verfassungsdebatte mit dem beherrschen=
den Eindruck, daß die katholische Kirche Ursache habe, ihren
Kindern im deutschen Reiche ernstlich zuzurufen: „Katho=
liken, seid auf eurer Hut!"

IV.

Das Verhältniß der Reichsregierung zu den verhandelten Fragen.

Bei den großen Debatten am 30. März, am 1., 3. und 4. April haben die Vertreter der deutschen Reichsregierung beharrlich geschwiegen. Die Katholiken können mit diesem Umstand insoferne wohl zufrieden sein, als die Reichs= regierung einerseits mit keinem Worte den Anschauungen der Majorität über die römische Frage beigetreten, anderseits dem Verlangen nach Gewährung eines gemeinsamen Rechts= zustandes für die katholische Kirche im ganzen Reich ebenfalls mit keinem Worte entgegengetreten ist. Dieß ist schon Etwas; und dieses Etwas gewinnt an Bedeutung, wenn man erwägt, daß der Reichskanzler in einem, wie es scheint, sehr erregten Momente, nämlich den polnischen Abgeordneten gegenüber, ausdrücklich anerkannt hat, daß die Vertretung aller Inter= essen der katholischen Kirche im Reichstag ihre vollste Berech= tigung habe. Uebrigens machen wir uns keinerlei Illusionen über diesen Punkt; die Reichsregierung wird, davon sind wir fest überzeugt, die Katholiken darnach behandeln, wie dieselben im öffentlichen Leben als geschlos= sene und bedeutungsvolle Macht aufzutreten ver= stehen; es hängt mit anderen Worten zum weitaus größten Theil von den Katholiken selbst ab, welches Verhältniß der Reichsregierung zu den Interessen ihrer Kirche sich in Zu= kunft bilden und befestigen wird.

Es hat sich übrigens die „Provinzialcorrespon= denz", bekanntlich ein Organ der preußischen Regierung, über die Partei des Centrums in einem Artikel ausgespro=

chen, welchen wir uns erlauben müssen hier wörtlich einzu
rücken, weil wir nicht zu allen Behauptungen desselben ge
wissermaßen eine stillschweigende Zustimmung aussprechen
können. Der fragliche Artikel lautet wie folgt:

„Im Deutschen Reichstage waren für die diesmalige erste
Session Verhandlungen von größerer politischer Bedeutung vor
vorn herein nicht in Aussicht genommen. Es handelt sich bei den
ersten Berathungen des Deutschen Reichstages nicht, wie bei Grün
dung des Norddeutschen Bundes, darum, die Grundlagen eine
neuen Staatswesens erst zu schaffen; — der Deutsche Reichsta
tritt vielmehr auf den Boden einer bereits bestehenden, allseiti
anerkannten Verfassung. Die nächste Aufgabe desselben ist be
praktische Ausbau, und es lag daher zunächst kein Anlaß zu große
Kämpfen über widerstreitende politische Grundanschauungen un
zu tiefern politischen Erregungen vor.

„In diesem Sinne und Geiste sind denn auch alle große
politischen Parteien an die diesmaligen Berathungen herangegangen
und diejenigen selbst, welche die gegebenen Grundlagen der Ver
fassung von ihrem Parteistandpunkte nicht für genügend erachten
haben sich doch beschieden, an dem gewonnenen Boden der Einhei
zunächst festzuhalten und die Erfüllung weiterer Wünsche der dem
nächstigen Entwickelung vorzubehalten.

„Die Berathungen der diesmaligen Session würden daher ein
größere politische Bedeutung überhaupt nicht gewonnen haben, wen
dies nicht durch die Stellung einer großen Anzahl von Abgeor
neten veranlaßt worden wäre, welche nicht eigentlich eine politisc
Partei, wohl aber auf Grund gemeinsamer confessioneller Anscha
ungen und Bestrebungen eine gesonderte Vereinigung innerha
des Reichstages bilden.

„Es ist dies die sogenannte katholische Partei, welc
sich selbst unter der Bezeichnung „Centrum" oder Mittelpar
neben die eigentlich politischen Parteien gestellt hat.

„Zwei Umstände haben zusammengewirkt, um einer besondere
katholischen Partei im Reichstage von vorn herein eine erheblic

Anzahl von Mitgliedern zuzuführen. Vor allem ist durch die wichtigen Vorgänge, welche in den letzten Jahren die katholische Kirche bewegt haben, namentlich durch die Ereignisse, welche das Oberhaupt derselben seiner weltlichen souverainen Herrschaft beraubt haben, die katholische Bevölkerung im Allgemeinen zu einem geschlosseneren Auftreten auch in politischer Beziehung veranlaßt worden. Schon bei den preußischen Landtagswahlen zeigte sich, daß die Katholiken unter dem Eindrucke jener Ereignisse einen größeren Werth als früher darauf legten, durch entschieden katholische Abgeordnete vertreten zu sein. Dieses Streben ist nun bei den Reichstagswahlen noch entschiedener und mit noch größerem Erfolge zur Geltung gelangt. Eine weitere Verstärkung hat die katholische Partei im Reichstage aus Süddeutschland, namentlich aus Baiern erfahren. Es hängt theilweise mit den innern baierischen Parteiverhältnissen, theilweise mit dem bisherigen scharfen Gegensatze der süddeutschen Katholiken gegen den Anschluß an Norddeutschland zusammen, daß in dem jüngsten dortigen Wahlkampfe sich im Großen und Ganzen nur zwei Parteien, die Deutsch-Nationalen und die eifrigen Katholiken, gegenüberstanden. Letztere haben freilich unter dem Einflusse der gegenwärtigen deutsch-patriotischen Strömung bei weitem nicht so große Erfolge errungen wie noch bei den letzten baierischen Landtagswahlen; immerhin aber ist eine erhebliche Zahl baierischer Katholiken in den Reichstag getreten. Die Gesammtzahl der gesonderten katholischen Vereinigung beträgt über 60 Mitglieder, — unter ihnen nicht wenige von hervorragender Bedeutung und hohem Ansehen.

„Die katholische Partei ist aber in den Reichstag mit Bestrebungen eingetreten, welche mit der früheren Stellung ihrer Gesinnungsgenossen zur deutschen Einigungspolitik im entschiedenen Widerspruche stehen. Während dieselben bisher den Föderalismus, d. h. eine möglichst selbständige Stellung der einzelnen Staaten im Bunde gegenüber den Einheitsbestrebungen eifrig unterstützten, und namentlich ein Uebergreifen der Bundesgesetzgebung auf die Gebiete des religiösen Bewußtseins entschieden zurückwiesen, treten sie jetzt mit Anträgen und Wünschen

hervor, welche die Reichspolitik unmittelbar in die religiösen und
confessionellen Kämpfe hineinzuziehen bestimmt sind. Dieser
unerwartete Wechsel beruht auf denselben Thatsachen und Eindrücken, welche das jetzige Hervortreten der katholischen Partei
überhaupt veranlaßt haben. In ihrer augenblicklichen schweren
Bedrängniß sucht die katholische Kirche Hülfe bei dem neu er-
standenen mächtigen Kaiserreich.

„Man darf hierin eine doppelte thatsächliche Anerkennung und
Huldigung erkennen: die katholische Partei weiß und bekundet es
offen, welch' eine hohe Macht unter den Regierungen unserm
Kaiser beiwohnt; — sie ruft ferner seine Hülfe in dem Bewußt-
sein und mit dem lauten Anerkenntniß an, daß den Katholiken in
Preußen seither unter dem Scepter eines protestantischen Fürsten
stets Gerechtigkeit und Schutz in vollem Maße zu Theil geworden ist, und daß sie deshalb auch jetzt ihr Vertrauen auf die
Hülfe unseres Königs als Deutschen Kaisers setzen. Sie scheint
auf diese Hülfe vor Allem für die Wiederaufrichtung der weltlichen
Macht des Papstes zu rechnen. Als nun der Reichstag vor dem
Eintritt in seine eigentlichen Aufgaben in Erwiederung der Thronrede und in Uebereinstimmung mit dem Sinne und Geiste derselben eine Adresse an den Kaiser zu erlassen und darin auszusprechen gedachte, daß in dem neuen deutschen Reiche „die Tage
der Einmischung in das innere Leben anderer Völker unter keinem
Vorwande und in keiner Form wiederkehren sollen" — da glaubte
die katholische Partei sich einer solchen Aeußerung nicht anschließen
zu dürfen, vielmehr dem deutschen Reiche die Möglichkeit offen
halten zu müssen, für den päpstlichen Stuhl einzutreten. Dieser
Anspruch wurde jedoch von allen politischen Parteien im Reichstage gleichmäßig zurückgewiesen, und nur als ein dringender
Anlaß aufgefaßt, den Grundsatz der Nichteinmischung in
das politische Leben anderer Völker noch bestimmter und
schärfer, als es in der Thronrede geschehen war
geltend zu machen.

„Die Reichs-Regierung hat sich ihrerseits an diesen
confessionellen Erörterungen, welchen sie eine unmittel-

bare Bedeutung für die praktische Politik nicht beizumessen ver=
mochte, nicht betheiligt. Von allen Seiten ist mit Recht das
Bedauern hervorgehoben worden, daß durch den in Rede stehen=
den Gegensatz der einmüthige Ausdruck der Gesinnung, welche
das deutsche Volk in den letzten Monaten beseelt und erhoben hat,
sowie der Uebereinstimmung mit dem Geiste der Thronrede ge=
trübt worden ist. Noch mehr aber ist zu beklagen, daß
gerade die ersten Verhandlungen des Reichstages durch con=
fessionelle Kämpfe ausgefüllt worden sind, welche von
unserem politischen Leben möglichst fern zu halten das gemeinsame
Bestreben aller besonnenen Politiker sein sollte.“

Hierzu haben wir nun jedenfalls Folgendes zu bemerken.
So richtig es ist, daß der deutsche Reichstag auf den Bo=
den einer bereits bestehenden und allseitig anerkannten Ver=
fassung tritt, deren praktischer Ausbau als die nächste Auf=
gabe erscheint, ebenso wenig läßt sich hieraus irgend Etwas
gegen das Verhalten der Katholiken im Reichstage entnehmen.
Denn die weit gehenden und wissenschaftlich unbegründeten
theoretischen Sätze und Zukunftshoffnungen der Adresse,
welche von den Katholiken verworfen wurden, gehörten ge=
wiß nicht zum praktischen Ausbau der Reichsverfassung.
Und auf der anderen Seite wären die von den Katholiken
verlangten und von der Majorität verweigerten Grundrechte
gewiß ein ebenso schöner als maßvoller Anfang des „prak=
tischen Ausbaus“ dieser Reichsverfassung gewesen.

Die „Provinzialcorrespondenz“ beharrt sodann
auf der schon weiter oben erwähnten Behauptung, daß die
Partei des Centrums nicht eigentlich eine politische Partei,
sondern eine auf Grund gemeinsamer confessioneller Anschau=
ungen und Bestrebungen bestehende Vereinigung innerhalb
des Reichstags sei. Dieß erinnert uns an den Abgeordne=
ten Lasker, welcher im Reichstag der Centrumspartei förm=
lich verbieten wollte, sich „katholische Partei“ zu nennen, weil

man daraus schließen könnte, es bestehe im Reichstag ei[
Verschwörung gegen die katholische Kirche.

In der That und Wahrheit hat die Centrumspart[
alles Mögliche gethan, um nicht als confessionelle Part[
zu erscheinen; und die natürliche Gerechtigkeit sollte do[
wahrlich dazu führen, daß man eine jede Partei bis zu[
Beweis des Gegentheils nach ihren offiziellen Actenstücke[
und öffentlichen Handlungen, nicht aber nach den Einstreu[
ungen ihrer Feinde beurtheilt. Nun haben aber die Führe[
der Centrumspartei wiederholt in öffentlicher Sitzung erklär[
daß Mitgliedern jeder Confession der Eintritt in die Fra[
tion des Centrums unbedingt offen stehe, sobald dieselbe[
nur die Statuten der Partei annehmen, welche doch wahrli[
nichts Confessionelles enthalten. Werfen wir sodann eine[
Blick auf den öffentlichen Aufruf vom 11. Januar d. J[
welcher der Bildung der Centrumspartei vorausgegangen is[
In diesem ganz entscheidenden Actenstück ist mit keinem Wor[
einer specifisch confessionellen Stellung gedacht; es ist aus[
drücklich die Bildung einer parlamentarischen Partei in[
Aussicht genommen, und es sind zum Eintritt in dieselb[
alle diejenigen Männer eingeladen, „welchen das mora[
lische und das materielle Wohl aller Volksklas[
sen, wie aller das deutsche Reich bildenden Stämm[
am Herzen liegt, welche die bestehenden Besonder[
heiten nur insoweit der Einheit geopfert sehe[
wollen, als dieselben nachweislich dem Ganze[
zum Schaden gereichen, welche endlich, wie d[
politische, so auch die kirchliche Freiheit und da[
Recht der Religionsgesellschaften gegen möglich[
Eingriffe der Gesetzgebung sowohl als gege[
feindliche Parteibestrebungen entschieden gewahr[
wissen wollen." Das ist denn doch wahrhaftig nich[

onfessionell, und am allerwenigsten „ultramontan". Es ist
nseres Erachtens traurig genug, daß einem solchen Partei=
rogramm im ersten deutschen Reichstag nur etwa 60 Männer
eigetreten sind, und daß unter diesen wohl kaum ein Nicht=
atholik sich befindet. Wenn es aber noch etwas Traurige=
es gibt, so besteht es darin, daß sich Männer gefunden ha=
en, welche auf Grund dieses Parteiprogramms und
uf Grund bestimmter Zusicherungen gewählt wur=
en, sodann aber im Reichstage der Centrumspartei nicht
ur nicht beigetreten, sondern höchst feindselig entgegen=
etreten sind.

Es kann uns nur hochwillkommen sein, wenn die Reichs=
egierung, wie dieß aus obiger Auslassung der „Provin=
ialcorrespondenz" hervorzugehen scheint, die unter allen
Widerwärtigkeiten stets wachsende Bedeutung der katho=
schen Bewegung in Deutschland aufmerksam verfolgt und
ürdigt. Wer die geistigen Zustände der Nation seit 1837
niger Maßen in ihrer Entwickelung studirt hat, dem kann
cherlich kein Zweifel darüber bleiben, daß das katholisch
rchliche Leben einen lebhaften Aufschwung genommen hat
nd daß die Zahl derer, welche nicht nur durch Geburt und
aufe, sondern auch mit Liebe und Begeisterung der Kirche
ngehören, Gottlob gestiegen ist und stetig sich vermehrt. Auch
ie Anerkennung vermag uns das Regierungsorgan nicht
u versagen, daß unter unserer Partei im Reichstag „nicht
enige Männer von hervorragender Bedeutung und
hem Ansehen" sich befinden. Ja, wir blicken mit ge=
htem Stolz auf diese Männer, und wir finden einen
upterklärungsgrund der maßlosen Leidenschaft, mit welcher
zelne andere Parteien gegen unsere Sache auftreten, ge=
de in dem quälenden Bewußtsein, daß ihnen die
hrer unserer Partei, welchen sie so gerne Obscurantismus,

44

Verdummungstendenzen und dergleichen unterschieben möch[t]
an Geist und Wissenschaft bedeutend überlegen sind.

Die Macht des deutschen Reiches erkennen wir Katholi[?]
eben so unumwunden an, als die Gerechtigkeit, mit welc[?]
die preußische Regierung im Allgemeinen gegen ihre kath[?]
schen Staatsbürger verfahren ist; wir finden es nur hö[?]
wundersam, daß man diese nemliche Gerechtigkeit aus [?]
unbegreiflichen Gründen nicht allen katholischen Reichsbürg[?]
gewähren will.

Dagegen ist es gänzlich unrichtig, wenn die „Provin[z]
Correspondenz" behauptet, die Fraction des Centrums [?]
folge Bestrebungen, welche im Widerspruch stehen mit uns[?]
früheren Politik in der deutschen Frage. Die Centrumsp[?]
tei besteht zu einem sehr bedeutenden Theil aus preußisch[?]
Katholiken, welche in der deutschen Frage sich mit
nationalen Politik ihrer Regierung niemals in Widerspr[?]
gesetzt hatten. Was aber die Süddeutschen betrifft,
möchte der Verfasser dieser Zeilen die „Provinzial=Corresp[?]
denz" in aller Bescheidenheit ersuchen, auch nur dasjen[?]
nachzulesen, was er in der badischen zweiten Kammer
der Berathung über die Verfassungsverträge gesprochen [?]
In der That: wir haben den Föderalismus vertheidigt,
lange Deutsch=Oesterreich noch nicht unwiderruflich von [?]
getrennt war. Als dieß geschehen war, haben wir uns
einer Ehrlichkeit, die Nichts zu wünschen übrig ließ und [?]
sogar den öffentlichen Dank des Großherzogs und uns[?]
nationalliberalen Gegner eingetragen hat, für poli[?]
besiegt erklärt, und damit die weitere Erklärung ver[?]
ben, daß wir nunmehr mit aller Loyalität, aber [?]
Katholiken in das neue deutsche Reich eintreten, von[?]
chem wahrlich kein ernsthafter Politiker bezweifeln kann, [?]
es einen unitarischen Charakter trägt und mit der [?]

n Einheitsstaate führen wird. Uebrigens liegt in dem
ι unsern Vertretern im Reichstag erhobenen Anspruch
f Bewilligung einiger weniger Grundrechte nicht einmal
)as dem Föderalismus Zuwiderlaufendes. Jener An=
uch war nur die vernünftige Consequenz des Umstandes,
ß man — ohne unser Zuthun — die Angelegenhei=
 der Presse und der Vereine in die Bundesgesetzgebung
fgenommen hatte.

Was die Adresse auf die Thronrede betrifft, so muß das
:gan der preußischen Regierung, ganz in Uebereinstimmung
t dem weiter oben von uns Gesagten, zugeben, daß durch
selbe die Gedanken und Ausdrücke der Thronrede ge=
ärft wurden; und das war es eben, was unsere Ge=
nungsgenossen im Reichstag durch ihren Entwurf ver=
:iben wollten. —

Wenn endlich die Reichsregierung es beklagt, daß
:ade die ersten Verhandlungen des Reichstages durch con=
ssionelle Kämpfe ausgefüllt worden sind, so schließt
ι dieser Klage Niemand aufrichtiger an, als gerade wir.
ines Menschen religiöse Ueberzeugung ist von Seiten der
srigen angegriffen oder in den Streit gezogen worden;
:rall, wo von Glaubenssätzen und kirchlichen Einrichtungen,
istens mit staunenswerther Unwissenheit, gesprochen wurde,
sind wir die Angegriffenen gewesen, und werden immer
Angegriffenen sein, weil wir das innerliche Gnadenleben
rer heiligen Kirche nicht entweihen dürfen durch Herum=
aung auf dem lärmenden Alltagsmarkt des politischen
ns. Wir sind auf diesem Gebiet immer in der
fensive. Wer hieran zweifeln sollte, der lese doch ge=
ɡſt die Rede des Abgeordneten Lasker in der Reichs=
ſitzung vom 5. April. Wenn auch selten ein Sterblicher
maßen ist in die Pfanne gehauen worden, wie es besag=

tem Herrn durch den Abg. v. Mallinckrodt widerfahr[en]
ist, so zeigt doch gerade die Vergleichung dieser beiden Rede[n]
daß auf Seiten unsrer Gegner der unbefugteste Angri[ff]
auf unserer Seite die nothgebrungene, aber glänzend geführ[te]
Vertheidigung war.

Wenn übrigens die Reichs-Regierung diese confessionell[en]
Kämpfe vermieden sehen wollte, so wäre ihr für diesen Zw[eck]
ein höchst einfaches Mittel zu Gebote gestanden. Sie hä[tte]
nemlich blos die Grundrechte, welche unsere Abgeordnet[en]
verlangt haben, aus eigener Initiative als eine Fo[r]
derung der offenbarsten Gerechtigkeit und wahrhaft einsich[ts]
vollen Politik mit Ernst und Entschlossenheit proponir[en]
sollen; — so wie wir die Herren Nationalliberalen kenn[en]
wagen wir die Behauptung: sie hätten nicht gegen den Fürs[ten]
Bismarck gestimmt. Wie die Dinge jetzt stehen, werden di[e]
confessionellen Kämpfe immer wiederkehren, bis uns[ere]
Forderung gewährt ist.

So viel über den obigen Artikel der „Provinzial-Cor[re]
spondenz". Das nemliche Blatt hat sich noch in einem spä[te]
ren Aufsatze über den Antrag auf Grundrechte ausgesp[ro]
chen; derselbe enthält aber Nichts von Erheblichkeit, was u[ns]
außer dem bisher Gesagten noch weitere Veranlassung [zu]
Gegenbemerkungen bieten könnte.

Wenn dagegen in einer anderen offiziösen Auslassu[ng]
behauptet worden ist: „in dem Kampfe, der gegen die A[n]
träge der katholischen Centrumspartei mit großer Lebha[ftig]
keit unternommen wurde, sei Nichts vorgekommen, was [die]
Kirche in Wahrheit verletzen konnte", und „das Verdict [der]
Majorität sei gegen Alles, nur nicht gegen die katholi[sche]
Kirche gerichtet", so müssen wir uns erlauben, diesen [Be]
schwichtigungsversuch gegenüber der tiefen und wohlbegründ[eten]
Beunruhigung der deutschen Katholiken als einen äuße[rst]

nißlungenen zu bezeichnen. Ist es denn wahr, oder ist
s nicht wahr, daß man Rom, d. h. das Haupt und Cen=
:rum der katholischen Kirche, als den directen, contradictori=
chen, feindseligsten Gegensatz gegen unser deutsches Vaterland
)ingestellt hat? Oder hat dieß nicht der Abgeordnete Römer
nit den ausdrücklichsten Worten gethan? Ist es wahr,
)der ist es nicht wahr, daß man einen von den legitimen
Autoritäten der katholischen Kirche, vom Papst und gesammten
Episcopat ausgesprochenen und feierlich verkündeten Glaubens=
atz, der jedem wirklichen Katholiken so heilig sein muß
vie irgend ein Stück seines gesammten katholischen Glaubens,
nit Hohn und Spott überfallen, gewissermaßen als einen
Insinn behandelt hat? Ist es wahr oder ist es nicht wahr,
)aß man unsere Bischöfe als Männer dargestellt hat, die
?ust zur Rebellion gegen die Landesgesetze tragen könnten,
venn man der katholischen Kirche im ganzen deutschen Reich
)en Rechtszustand bewilligt, den sie in Preußen seit 20
Jahren mit nie bezweifelter und nie getrübter Gesetzestreue
iusgeübt hat? Das Alles, und noch vieles Andere soll die
atholische Kirche nicht verletzen? Ja, um Gottes willen,
nit was glaubt man sie denn eigentlich und endlich ver=
etzen zu können?

Man wird überhaupt gut thun, wenn man bei Beant=
vortung der Frage, was die katholische Kirche verletze und
jegen sie gerichtet sei, etwas mehr als bisher die Katholiken
iört, welche dieß doch gewissermaßen am besten verstehen
jerden. Und dabei komme man uns ja nicht mit dem eben
/ oft als fälschlich behaupteten „inneren Zwiespalt"
r katholischen Kirche. Es besteht durchaus kein sol=
ter Zwiespalt. Katholiken sind nur diejenigen Christen,
»lche die Autorität der durch ihre legitimen Organe sprechen=
:n Kirche unbedingt anerkennen. Wer dieß nicht thut, ist

ein Nichtkatholik, er mag im Uebrigen Professor oder was
immer sein; er ist excommunicirt, und wo es die kirchliche
Autorität für gut findet, da wird er noch ausdrücklich er
communicirt. Wer aber im Stande ist, seine heilige Mutter
die Kirche als staatsgefährlich bei den Gewalten dieser Erde
zu benunciren, der ist nicht nur kein Katholik, sondern
er ist noch etwas Anderes, was wir auszusprechen unter
lassen, und was ein Solcher, wenn er etwa ein gelehrter
Mann ist, im neuen Testamente selber finden kann. Auch
muß man sich nicht stellen, als ob man nur gegen dieses
einzige, jetzt erst ausgesprochene Dogma Etwas auf dem Herzen hätte. Die Glaubenslehren von dem dreieinigen Gott
von der Menschwerdung des Erlösers, vom Altarssacrament
und Meßopfer werden von den meisten Krakehlern gegen das
irrthumsfreie Lehramt des Papstes gerade so wenig geglaubt
als sie an dieses Letztere glauben; und die Gebote der Kirche
werden von ihnen meistens gerade so wenig befolgt, als sie
sich der kirchlichen Autorität überhaupt zu unterwerfen geneigt sind. Also mit Einem Worte: die katholische Kirche
ist da, und nur da, wo Papst und Bischöfe den Glaubens-
schatz der Offenbarung hüten und auslegen; und gegen diese
Kirche gerichtet ist Alles, was gegen ihre legitimen Autoritäten und gegen ihre Lebensentfaltung auf dem Boden des
allgemeinen Rechtes gerichtet ist.

Die „Norddeutsche Allgemeine Zeitung" ist
wohl kein Organ der preußischen oder der Reichs-Regierung
aber sie wird als dieser Regierung nahestehend betrachtet
und insofern mag es uns gestattet sein, sie mit einigen
Worten zu berühren. Dieses Blatt hat nämlich in einem
Leitartikel vom 1. April die ganz erstaunliche Behauptung
aufgestellt, die Fraction des Centrums wolle „die Zeit der
Römerzüge in ihrem eigentlichen und engeren Sinne wieder

erstehen lassen." Nun bitten wir die Staatsmänner und Gelehrten der „Norddeutschen Allgemeinen", uns auch nur von einem einzigen Mitglied der Centrumsfraction auch nur eine einzige Handlung oder auch nur ein einziges Wort be= zeichnen zu wollen, welches zur Begründung des obigen Satzes dienen kann, — und wir wollen ohne Weiteres die Flagge streichen. Wenn man aber jenen Satz in die Welt hinausgerufen hat, ohne ihn im Allergeringsten thatsächlich begründen und beweisen zu können, dann möge die „Nord= deutsche Allgemeine Zeitung" dem Verfasser jenes Artikels zu erkennen geben, daß er sie in diesem Punkte leicht= fertig bedient habe. Wie sehr übrigens das Verhalten unserer Partei in der Abreßdebatte auf richtigen politischen und völkerrechtlichen Anschauungen beruhte, das muß im Wesentlichen auch die „Norddeutsche Allgemeine Zeitung" zugeben, indem sie — in dem nämlichen Artikel, wel= cher uns beabsichtigter Römerzüge beschuldigt — sich weiter also vernehmen läßt: „Wir unseres Orts verdenken es keinem Katholiken, wenn er sich auf das Schmerzlichste be= rührt fühlt durch die Ereignisse, welche den Papst als welt= lichen Herrscher betroffen haben; und wir sind auch der Meinung, daß der Papst als Oberhaupt der katholischen Kirche nicht der Unterthan eines fremden Souveräns sein könne, sein dürfe. Mit dieser letzteren Ansicht stimmt sogar die italienische Regierung überein, und sie bemüht sich be= kanntermaßen, dem Papste eine Stellung zu schaffen, welche einer geistlichen Würde entspricht (!). Eine andere Frage ist, wem die Entscheidung darüber zusteht, ob diese Bemühungen, wenn sie beendet, gelungen oder mißlungen sind. Wir maßen uns nicht an, diese Frage positiv zu beantworten; aber negativ glauben wir antworten zu müssen, daß die Entscheidung dieser Frage, welche die Interessen nicht nur der Katholiken Deutsch=

lands, sondern der Katholiken der ganzen Welt berührt, unmöglich allein vom deutschen Reiche abhängen kann, welches
selbstverständlicherweise nur die Katholiken vertritt, die sein-
Unterthanen sind. Einer etwaigen Thätigkeit der
deutschen Diplomatie zu Gunsten dieser stehen
die von der katholischen Centrumsfraction be-
anstandeten Sätze der Adresse in keiner Weise
entgegen."

Man sieht: — sobald man anfängt, ruhig zu denken,
muß man uns Recht geben. Die Adresse steht keiner diplomatischen Action zu Gunsten des Papstes im Wege; aber
unsere Vertreter konnten ihr nicht zustimmen, weil sie nach
der Absicht ihrer Urheber jede derartige Action unmöglich
machen sollte.

Schließlich müssen wir noch der „Neuen Preußischen
Zeitung" Erwähnung thun, welche zwar ebenfalls kein
Regierungsorgan, aber als Organ der altconservativen Partei
dem innersten Wesen des preußischen Staates so nahe ver-
wandt ist, wie nur irgend Etwas. Es konnte diesem Blatte
unmöglich verborgen bleiben, in welchen inneren Widerspruch
sich die Conservativen versetzt hatten, indem sie dem Natio-
nalitätsprinzip, der Nichtintervention, der unbedingten Verurtheilung des Mittelalters, kurz allen möglichen Revolu-
tionsideen ihre Zustimmung ertheilten, bloß um der gefürch-
teten „römischen Kirche" Eins zu versetzen. Um aus diesem
Widerspruch herauszukommen, schlägt die „Neue Preußische
Zeitung" eine „gemeinsame Wirksamkeit der Conservativen
und der Katholiken bei dem vielberufenen „Ausbau des
deutschen Reiches" vor. Gut und wohl; das ist eine Sache
worüber sich reden läßt; aber wenn es dazu kommen soll,
muß man uns vor Allem ganz anders behandeln als bisher, und man muß uns in erster Reihe bewilligen, was

unabänderlich unſere erſte und letzte Forderung bleiben wird: einen gemeinſamen Rechtszuſtand unſerer Kirche im ganzen deutſchen Reich.

Nahezu beluſtigend iſt es, wie die „Neue Preußiſche Zeitung“ die Reichstagsadreſſe kritiſirt, nachdem die Mitglie= der ihrer Partei derſelben doch unbedingt zugeſtimmt haben. Sie ſagt nämlich, und wir ſagen es mit ihr, nur daß wir es immer geſagt haben, Folgendes: „Redner der Majorität, von der Minorität gedrängt, verclauſulirten die apodiktiſche Behauptung von der Nichtintervention in die inneren An= gelegenheiten eines anderen Volkes mit dem etwa eintretenden eigenen Intereſſe, ohne zu bemerken, daß damit die Behaup= tung ſelbſt aufgehoben wird; denn ohne ein ſolches eigenes Intereſſe wird Niemand an Intervention denken; es kommt nur darauf an, was man unter dieſem Intereſſe verſteht. Man beſchönigte den Raub Savoyens, welcher ohne Frage vorliegt und darum auch ſo zu nennen war, mit dem edlen Worte von Nationalitätsbeſtrebungen zur Einigung des Volkes, ſtellte ihn dadurch gewiſſermaßen den davon völlig verſchiedenen Vorgängen in unſerem Vaterlande gleich und beachtete nicht, wie dieſe durch einen ſolchen Vergleich her= untergeſetzt werden. Man überſah im Eifer, daß es ſich bei der Frage gar nicht von inneren Angelegenheiten eines Volkes, ſondern von der gewaltſamen Aneignung eines fremden Staats= weſens handelt, und daß man in der Conſequenz der angewand= ten Argumentationen es auch für eine innere Angelegenheit des franzöſiſchen Volkes erklären und auf allen Widerſpruch verzichten müßte, wenn Frankreich die franzöſiſche Schweiz oder den franzöſiſchen Theil Belgiens an ſich riſſe; man überſah, daß die dort aufgeſtellte Theorie wenig im Stande ſei, deutſche Nachbarſtaaten über unſere etwaigen Annexions= lüſte zu beruhigen, wenn man behauptete, daß Angele=

3*

genheiten zweier Staaten desselben Volksstam=
mes innere Angelegenheiten des Volkes sind. Man
hätte wohl gethan, die desfallsigen correcten
Ausdrücke der Thronrede nicht in der Weise zu
schärfen und zu übertreiben, wie in der Adresse
geschehen ist. Man preist die Wiederherstellung von
Kaiser und Reich, man betrachtet sie als eine Erfüllung
langer und tiefer Sehnsucht des Volkes — doch wohl auf
Grund der Erinnerung an die Herrlichkeit des alten Reiches
— und man hat nichts Besseres zu thun, als dieß zu schmähen,
in völliger Verkennung des Werthes, welchen für deutsche Bil=
dung und für die doch sonst so hoch gehaltene „Civilisation"
die enge Verbindung von Deutschland und Italien hatte."

Darf man seinen Ohren trauen? Und konnten ver=
nünftiger Weise die Anhänger dieser historisch=politischen
Ansichten für die nationalliberale Adresse stimmen?

Und wenige Tage nachher überrascht uns die nämliche
„Neue Preußische Zeitung" durch die Erklärung: „Der
Bischof Ketteler hat in der That nicht Unrecht mit seiner
Behauptung im Reichstage, daß das Recht höher steht als
die Nationalität. Und wenn er aus der Versammlung
interpellirt wurde: „Welches Recht?" — so ist darauf ein=
fach zu antworten: „Wie es in jedes Menschen Herz
geschrieben und in den zehn Geboten bezeugt ist."
— Das ist ja wahrhaft ultramontan gesprochen, und es ist
einzig zu beklagen, daß am 4. April 1871 in den conser=
vativen preußischen Reichstagsherzen entweder nicht geschrie=
ben stand oder gerade nicht zu lesen war, es seien die ni
preußischen Katholiken Deutschlands der nämlichen Rec
würdig, wie die preußischen. —

Das beharrliche Schweigen der Reichsregierung in d
Verhandlungen des Reichstags über die katholischen Interess

fragen hat uns zu dem Verſuche genöthigt, die Geſinnun=
gen dieſer Reichsregierung aus den Aeußerungen der ihr mehr
oder minder naheſtehenden Preßorgane zu errathen. Das
Ergebniß unſerer bisherigen Unterſuchung geht dahin:

Die deutſche Reichs= und beziehungsweiſe die königlich
preußiſche Regierung iſt von einer unbedingten Anerkennung
derjenigen politiſchen und kirchlichen Anſchauungen, welche
den Reichstagsbeſchlüſſen vom 30. März und 4. April zu
Grunde liegen, ebenſo weit entfernt, als ſie von einer ſpezi=
fiſch katholiſchen Politik entfernt iſt. Die Politik dieſer Re=
gierung iſt vielmehr ausſchließlich eine Politik prakti=
ſcher Intereſſen, und um Gerechtigkeit für die katholiſche
Kirche zu erlangen, muß man der deutſchen Reichsregierung
nur den Beweis liefern, daß dieſe Gerechtigkeit in der That
für ſie ſelbſt und für das deutſche Reich ein praktiſches In=
tereſſe iſt. Dieſer Beweis wird geliefert ſein, ſobald die
Regierung einſieht, daß ohne Gewährung unſerer gerechten
Forderungen der glorreiche Reichsfrieden, welchen die
kaiſerliche Thronrede mit Recht erſehnt, niemals erblühen
wird.

3**

V.

Die praktischen Folgen der gefaßten Beschlüsse.

Bei der Abreßdebatte ist von beiden Seiten viel von „Redensarten" gesprochen worden. Der beschlossenen Abresse gegenüber dürfen wir uns eines solchen Ausdrucks nicht mehr bedienen. Wohl aber wird man im Allgemeinen den Satz aufstellen können: Gesetzgebende Versammlungen thun gut, wenn sie möglichst wenig theoretische Sätze beschließen, sondern dafür sorgen, daß alle ihre Beschlüsse praktische Thaten sind. Betrachten wir im Lichte dieses Gedankens die Reichstagsbeschlüsse vom 30. März und vom 4. April.

In der beschlossenen Abresse hat der Reichstag, abgesehen von dem Ausbruck einer patriotischen Gesinnung, in welcher alle Parteien unbedingt einig sind, zweierlei ausgesprochen.

Er hat für's Erste den deutschen Kaisern des Mittelalters gesagt, sie hätten durch verkehrte Interventionspolitik den Verfall des deutschen Reiches verschuldet. Nun gut; die Seelen dieser Kaiser sind längst vor Gottes Richterstuhl erschienen; der Ausspruch des Reichstags kümmert sie nicht. Was aber das heute lebende Deutschland betrifft, so wird man wohl sagen dürfen, daß in Folge des fraglichen Satzes in der Abresse auch nicht ein einziger Mensch im ganzen deutschen Reich seine Ansicht von der deutschen Geschichte, wenn er vorher eine solche Ansicht hatte, verändert ha wird; der fragliche Satz ist also im höchsten Grade unpr tisch. Er hat nur eine einzige Leistung aufzuweisen; er h wenn es auch nicht die Absicht seines Urhebers war, Zw tracht gesäet.

Für's Zweite hat der Re
ausgesprochen, daß die Tage
legenheiten fremder Länder u
über sind. Wenn man den (
trachtet, so erlauben wir uns
entschieden trügerische zu ha
und die Geschichte kennen, sie
den Fälle solcher Einmischun
und zwar, was die Haupt
tigter Einmischung. Wir
Fälle nicht nur in diesem Ja
sem Jahrzehnt eintreten werde
der Ueberzeugung durchdrunge
schen Reiches sich nicht so sch
litik erniedrigen wird, welch
Lage gebracht hat, in seinem
lungen über „Englands vol
müssen. — Diese unsere Anf
dentlich vielen Bürgern des
steht eben unsere Vermuthu
gegenüber, wie eine Behaup
Zukunft kann zeigen, wer R
    Faßt man aber den Sa
seinem ersten Urheber, wahrs
des Reichstags gemeint war,
regierung sich unter keinen U
matischem Wege, des heilige
wird auch diese Erwartung,
nicht in Erfüllung gehen. T
gierung wird, wie wir gla
litik nicht der theoretischen S
essen sein. Sie wird ganz

Politik fein; aber fie wird bie von ihr erkannten Intereffen mit Geſchick, unb wahrſcheinlich auch mit Glück verfolgen. Dieß können wir nach ben Erlebniſſen beš letzten Jahrzehntš alš wahrſcheinlich auššprechen, ohne baburch in ben Orben ber „Sonnenanbeter" einzutreten. Wenn nun bie ita= lieniſche Regierung ihre Sachen bem Papſte gegenüber recht ſchlecht unb ungeſchickt einrichten ſollte, ober wenn bie beutſche Reichšregierung ein Intereſſe barin finden ſollte, ber nicht aufhörenben, ſonbern immer zunehmenben Beunruhigung unb Aufregung ber katholiſchen Reichšbürger ein befriebigenbeš Enbe zu machen, ober wenn bie italieniſche Regierung ber= jenigen beš beutſchen Reichš irgenb eine ſonſtige wohlbegrün= bete Urſache zur Unzufriebenheit geben ſollte, ſo wirb — bavon ſind wir feſt überzeugt — weber Fürſt Bišmarck, noch ſein etwaiger Nachfolger ſich burch bie Abreſſe vom 30. März 1871 abhalten laſſen, bašjenige zu thun, waš nach ben Umſtänben beš Falleš alš baš Geeignete erſcheinen wirb. Unb bie Nationalliberalen werben ſich alšbann ber vollenbe= ten Thatſache ebenſo wenig wiberſetzen, alš ſie ſich ſeit einer Reihe von Jahren all' bemjenigen wiberſetzt haben, waš Bišmarck gegen ihren Willen unb ohne ſie zu fragen gethan hat. Die Abreſſe wirb auch in bieſer Beziehung unpraktiſch ſein.

Doch wir eilen zu bem Beſchluſſe vom 4. April. Dieſer iſt nicht unpraktiſch, aber er iſt nicht ſo praktiſch wichtig, wie ſeine Veranlaſſer glauben ober zu glauben ſcheinen. Eš iſt burch bieſen Beſchluß auššgeſprochen, baß bie Beſtim= mungen über bie Preſſe unb über bie Vereine zwar un ber Aufſicht unb Geſetzgebung beš Reicheš ſtehen, baß ab bie beßfallſigen rechtšſchützenben Beſtimmungen ber preuſ ſchen Verfaſſung nicht für baš ganze Reich gelten ſolle unb baß namentlich ber ſo offenbar gerechte unb vernünfti

Grundſatz, daß alle Religionsgeſellſchaften ihre Angelegen=
heiten ſelbſtändig verwalten dürfen, auf das Königreich
Preußen beſchränkt bleiben ſoll.

In der Reichstagsſitzung vom 12. April hat der Ab=
geordnete Dr. Braun darüber gejammert, daß ein Hauſirer,
der durch ganz Deutſchland gehen wolle, 25 verſchiedene
Hauſirſcheine löſen und 25mal die Hauſirſteuer bezahlen
müſſe. Wir ſind mit Herrn Dr. Braun vollkommen einver=
ſtanden; wir gönnen dem fraglichen deutſchen Hauſirer in
jeder Beziehung das Allerbeſte. Aber wir finden es nicht
ganz folgerichtig, daß der einzelne Katholik und die katho=
liſche Kirche ſelbſt in Baden und Mecklenburg ganz andere
Rechtsverhältniſſe haben ſollen, als in Preußen. Wir finden
dieß um ſo weniger folgerichtig, weil bekanntlich ein gemein=
ſames deutſches Reichsbürgerrecht in den weſentlichſten Be=
ziehungen nicht nur alle Katholiken, ſondern überhaupt alle
Angehörige der verſchiedenen Reichsländer vereinigt.

Vor dem Kriege haben Miniſter und Abgeordnete der
nationalliberalen Richtung mehr als einmal zu verſtehen
gegeben oder geradezu erklärt, der Widerſtand gegen die An=
ſprüche der Katholiken werde aufhören, ſobald Deutſchland
geeinigt ſei. Wir haben uns ſtets erlaubt, zu dieſen Ver=
heißungen einigermaßen den Kopf zu ſchütteln; der 4. April
1871 hat gezeigt, wie ſehr wir hiezu berechtigt waren.

Allein bei alledem wird der praktiſche Erfolg auch dieſes
Beſchluſſes nicht ſo beſonders groß ſein.

In Baiern ſind die Rechtsverhältniſſe der katholiſchen
Kirche auf dem Wege des Staatsvertrags geregelt; und
trotz Allem, was die Gegenwart in Baiern auf kirchlichem
Gebiete gebracht hat, mußten wir den baieriſchen Abgeord=
neten Greil im Reichstag ausdrücklich erklären hören, daß
er dem Antrag von Reichenſperger und Genoſſen nur beß=

halb beigeſtimmt habe, weil durch deſſen Annahme die ver=
tragsmäßige Regelung der ſtaatskirchenrechtlichen Verhältniſſe
in Baiern nicht beſeitigt worden wäre. Es ſcheint hiernach,
daß die katholiſche Kirche mit ihrer verfaſſungs= und
vertragsmäßigen Exiſtenz in Baiern nicht ſo übel zu=
frieden iſt.

Ganz das nämliche Verhältniß findet in Würtemberg
ſtatt, in welchem vorwiegend proteſtantiſchen Lande unſeres
Wiſſens die katholiſche Kirche ſehr wenig zu klagen hat.

In ſchmerzlicher Weiſe praktiſch iſt dagegen der Be=
ſchluß vom 4. April für die Katholiken Badens. Die
kirchlichen Zuſtände dieſes Landes ſollen hier nicht näher
unterſucht werden. Allein es iſt eine geſchichtliche Thatſache,
daß der in den nationalliberalen Kreiſen und in der gouver=
nementalen Preſſe Badens gegenwärtig ſo hoch gefeierte
Döllinger auf der Generalverſammlung des Piusvereins
zu Regensburg ſchon im Jahr 1849 wörtlich folgende Be=
hauptung aufgeſtellt hat:

„In keinem Theile Deutſchlands hat man die
Religion des Volkes ſo beharrlich untergraben
und die katholiſche Kirche ſo planmäßig zerrüt=
tet, wie in Baden.“

Wir behaupten nicht, daß Herr v. Döllinger mit dieſem
harten Urtheil Recht hatte; er ſelbſt hat nicht geſagt, wer
die von ihm behauptete Leiſtung geliefert habe; allein ſo
lange Herr v. Döllinger nicht beſtreitet, daß er dieſe Worte
geſprochen habe, ſo lange müſſen wir zum Kummer ſei[...]
neueſten badiſchen Verehrer behaupten, daß es geſchehen [...]

Wenn nun die badiſche Regierung hätte beweiſen woll[...]
daß die Behauptung des Herrn v. Döllinger eine pure V[...]
läumbung ſei, ſo hätte ſie dieß ſicherlich nicht geſchickter [...]
greifen können, als indem ſie ihren katholiſchen Unterthan[...]

ganz den nämlichen Rechtszuſtand gewährt hätte, welchen die katholiſchen Unterthanen der Krone Preußen ſeit 20 Jahren zum Heil ihrer Kirche und ihres Vaterlandes ungeſtört ge= nießen. Sie hat ſich hiezu bis jetzt nicht verſtanden. Wir ſtehen vielmehr in Baden immer noch, und mehr als je, auf dem thatſächlichen Boden jener denkwürdigen Worte, welche Staatsminiſter Dr. Jolly am 9. Juni 1869 öffentlich aus= geſprochen hat: „Die unverſöhnlichſten Gegner unſeres Strebens ſind Diejenigen, die auf Grund einer unerhörten Geiſtesknechtſchaft eine nichtdeutſche, unſerm innerſten Weſen widerſtrebende Herrſchaft aufrichten möchten." Die aufrich= tige Ausſöhnung der katholiſchen Volkspartei mit dem neuen deutſchen Reich ſcheint an dieſem Standpunkte Nichts ge= ändert zu haben. Vorderhand ſcheint uns übrigens die wichtigſte, wo nicht die einzig wichtige Frage in Baden jene der Beſetzung des Erzbiſchöflichen Stuhles zu ſein.

Außer Baden hat der Beſchluß vom 4. April noch eine praktiſche Bedeutung für diejenigen norddeutſchen Reichs= länder, in welchen der katholiſchen Kirche bis jetzt noch nicht einmal die freie Ausübung des Gottesdienſtes geſtattet ſein ſoll; man darf wohl, ohne den Vorwurf eines zu ſangui= niſchen Temperaments zu befürchten, die Hoffnung aus= ſprechen, daß ein ſolcher Zuſtand nicht mehr lange dauern wird.

Was endlich Elſaß und Lothringen betrifft, ſo hat ſchon Biſchof v. Ketteler im Reichstage darauf aufmerk= ſam gemacht, welch' ſchmerzlichen Eindruck der Beſchluß vom 4. April auf die Katholiken des neuen Reichslandes hervor= bringen müſſe. Der Abgeordnete Freiherr v. Rabenau hat zwar zu unſerem unſäglichen Erſtaunen die Behauptung aufgeſtellt, daß Herr v. Ketteler gerade durch dieſe Bemer= kung die religiöſen Gefühle der Elſäßer verletze; allein er hat den Beweis dieſer Behauptung, ſoviel wir wiſſen, voll=

ständig schuldig geblieben. Uebrigens scheint es uns nicht, daß der Beschluß vom 4. April für Elsaß und Lothringen eine praktische Bedeutung haben wird. Denn nach dem Ge= setzesentwurf über die Vereinigung von Elsaß und Lothringen mit dem deutschen Reiche, welcher zur Stunde, wo wir dieses schreiben, noch dem Bundesrathe vorliegt, wird bis zum 1. Januar 1874 die gesammte Gesetzgebung in dem neuen Reichslande vom Kaiser im Einvernehmen mit dem Bundes= rathe, und alle anderen Rechte der Staatsgewalt werden vom Kaiser allein ausgeübt. Wir vermuthen nun sehr stark, daß man bei dieser Ausübung das öffentliche Recht Preußens, nicht dasjenige Badens zu Grunde legen wird. Und wenn dereinst am 1. Januar 1874 die Reichsverfassung für Elsaß und Lothringen in Kraft tritt, so werden ohne Zwei= fel die dortigen Katholiken im Besitze desjenigen Rechts= zustandes sein, welchen die Mehrheit des deutschen Reichs= tages am 4. April 1871 der Gesammtheit der deutschen Katholiken zu verweigern für gut gefunden hat.

Nach der bisherigen Auseinandersetzung geht unsere be= stimmte Ueberzeugung dahin, daß der Reichstagsbeschluß vom 4. April 1871 eine praktische Bedeutung nur haben wird in Bezug auf die Katholiken des Großherzogthums Baden, sowie etwa in Bezug auf diejenigen der Großherzogthümer Mecklenburg und Oldenburg. Für diese Katholiken ist es unzweifelhaft schmerzlich und kränkend, daß sie der rechtlichen Stellung ihrer preußischen Glaubensgenossen zur Zeit noch nicht würdig sein sollen. Für die Partei des Centrums war es recht wohl der Mühe werth, diese Gleichstellung zu erstreben; aber man hätte glauben sollen, für die Ma=... rität werde es nicht der Mühe werth sein, dieselbe zu... weigern.

VI.

Die Zukunft der katholischen Interessen im deutschen Reich.

Der gegenwärtig noch versammelte deutsche Reichstag wird nach menschlicher Voraussicht über große katholische Interessenfragen nicht mehr zu berathen haben. Die hohe Versammlung hat ihr Verdict ausgesprochen über die beiden großen Punkte, welche den deutschen Katholiken am meisten am Herzen lagen; sie werden nach Mehr von dieser Art vorerst nicht lüstern sein. Auch die Abgeordneten der Centrumspartei werden wohl kein Verlangen tragen nach der Wiederholung solcher Debatten, zumal die hohe Versammlung nicht einmal die Bemerkungen katholischer Abgeordneten über den christlich-germanischen Baustyl, über die römische Kanzleisprache, oder über die bedrängte Lage der Postbeamten ohne Unruhe, Gelächter und Unterbrechung anzuhören vermochte. Es wird also gestattet sein, schon vor dem Schlusse dieses ersten deutschen Reichstages sein Verhältniß zu den Interessen der katholischen Kirche als etwas Abgeschlossenes zu betrachten und bemgemäß einen Blick auf die Zukunft zu werfen, soweit dieß menschlicher Einsicht gestattet ist.

Der Verfasser dieser Schrift steht wahrscheinlich nicht im Verdacht einer schrankenlosen Verehrung der preußischen Politik, ihres Lenkers, oder der im gegenwärtigen Reichstag das Uebergewicht besitzenden politischen Parteien. Allein gleichwohl kann er die verzweifelte und pessimistische Anschauung der Dinge nicht theilen, welche sich in Folge der beiden von uns besprochenen Reichstagsdebatten in vielen katholischen Kreisen Deutschlands kundgegeben hat.

Baumstark, Reichstag.   4

Er theilt diese Anschauung nicht, vor Allem deßhalb, weil
er der deutschen Reichsregierung eine gegen die katholische
Kirche positiv feindselige Absicht in der That nicht zutraut.

Der preußische Staat, welcher wohl von jetzt an für das
ganze geistige Leben der Nation die entscheidenden Impulse
geben wird, hat trotz seiner protestantischen Entstehungsge-
schichte seit dem Regierungsantritt des Königs Friedrich
Wilhelm IV. bis auf den heutigen Tag im Großen und
Ganzen seine treu und warm katholischen Unterthanen an-
ständig und gerecht behandelt; dieß wird ihm bei allen Katholiken unvergessen bleiben. Es hat sich unläugbar in Rheinland und Westphalen unter preußischer Herrschaft ein katholisch kirchliches Leben erhalten und entwickelt, wie es wohl
in ganz Süddeutschland und Deutsch-Oesterreich, außer dem
„heiligen Lande Tirol", ebenso schön und hoffnungsreich nicht
getroffen wird. Mit der Blüthe, mit der Ruhe, mit dem
inneren Frieden und der äußeren Gesetzlichkeit dieser katholischen Provinzen Preußens sind also die Lebens-Interessen
der Monarchie auf's Innigste verkettet. Dazu kommt in
diesen unseren Tagen die Erwerbung der neuen vorwiegend
katholischen Länder Elsaß und Lothringen; es ist nicht wahrscheinlich, daß eine verständige, ihres Vortheils sich klar be-
wußte Politik darauf ausgehen wird, die Katholiken der
zurückeroberten Länder „vor den Kopf zu stoßen". Es ist
dieß um so weniger wahrscheinlich, weil man keinen Augenblick zu ermessen im Stande ist, ob und von welcher Seite
etwa die römische Frage dennoch in Angriff genommen wird.

Wir halten es deßhalb nicht für wahrscheinlich, daß die
preußische Staatsregierung zu einer gegen die Interessen der
Kirche feindseligen Gesetzgebung Veranlassung bieten und
ihre Zustimmung ertheilen wird; insbesondere halten wir
nicht für wahrscheinlich, daß es zu einer Tilgung

Artikel 12, 15 u. ff. der preußischen Verfassung kommen
wird. Die Freundschaft und Gunst der fortschrittlichen Par=
teien und der Loge ist für die preußische und deutsche Re=
gierung nicht so viel werth, als die Folgen eines solchen
Schrittes ihr nachtheilig sein könnten. Denn darüber muß
man sich nicht täuschen: Die Prophezeiung v. Döllinger's
von einem unheilbaren Siechthum innerhalb des deutschen
Reiches würde sicherlich dann in Erfüllung gehen, wenn man
den deutschen Katholiken ihr offenbares gutes Recht entziehen
oder auf die Dauer verkümmern wollte.

Wer die katholische Kirche auch nur einigermaßen kennt,
der wird von der „deutschen Wissenschaft", welche in frevel=
haftem Hochmuth es wagen wollte, die gesetzmäßigen Ge=
walten der Kirche unter sich zu beugen, Nichts für die Kirche
selbst befürchten. Diese Geschichte wird sicherlich daran zu
Grunde gehen, daß sie im katholischen Volke und in seinem
Priesterthum keinen Boden hat. An diese Geschichte wird sich
auch die Reichsregierung in ihrem Verhalten der Kirche
gegenüber nicht anlehnen.

Aus allem Gesagten schließen wir aber keineswegs, daß
die katholische Kirche rosigen Tagen entgegengeht; wir sagen
nur: Die Sache steht nicht so schlimm, wie sie jetzt im
ersten überwältigenden Eindruck der Reichstagsverhandlungen
von Manchen angesehen wird.

Der Maßstab der zukünftigen Erfolge, welche für die
katholischen Interessen in Deutschland zu erreichen sind, ist
gegeben in der kraftvollen, klugen und gesetzmäßigen
Betheiligung der Katholiken selbst am öffent=
lichen Leben; und Derjenige kann sich eigentlich nicht be=
klagen, von dessen eigener Thätigkeit sein Glück abhängt.

Die Katholiken müssen mit stets gesteigerter Theilnahme
und Lebendigkeit ihren Gegnern auf den Schauplatz des

4*

parlamentarischen Lebens folgen. Die Centrumspartei im
Reichstag ist nunmehr der feste Grundstock, an welchen sich
alle weitere Thätigkeit anschließen kann und muß. Es müßte
sonderbar zugehen, wenn eine Partei von 60 Mitgliedern,
welche unter sich eine so große Anzahl wahrhaft hervorragender Männer zählt, es nicht dahin brächte, daß sie in
der nächsten Legislaturperiode mit verstärkter Macht ihren
Einzug im Sitzungssaale des Reichsrathes hält. Selbst
wenn es der nationalliberalen Partei im Gefühl der geistigen
Schwäche und Armuth ihrer meisten Vertreter gelingen sollte,
ein Ausnahmsgesetz über die „Wahlbeeinflussung von
der Kanzel herab" zu Stande zu bringen, würde sich
an unsern Hoffnungen für die Wahlen der zweiten Legislaturperiode Nichts ändern. Auf eigentlich politische Reden von der
Kanzel herab haben wir selbst, und mit uns gewiß fast alle
gebildeten Laien unserer Partei, nie Etwas gehalten; wenn
es mit dem geistigen Einfluß des Priesters in der Gemeinde
recht bestellt ist, so braucht er zur Wahlbeeinflussung die Kanzel
nicht; ist es aber damit nicht recht bestellt, so nützt sie
ihm Nichts. Dagegen ist ein Hauptmoment der öffentlichen
Thätigkeit die Presse. Die Sorge dafür, daß die katholische Tages- und sonstige Literatur nicht nur wahrhaft gut
gesinnt, sondern auch mit Verstand, Sachkenntniß, und gutem
Geschmack ausgestattet und behandelt sei, kann allen für die
katholische Kirche wirksamen Männern nicht dringend genug
ans Herz gelegt werden.

Zum Schlusse möchten wir den zur Stunde noch in
Berlin versammelten Mitgliedern der Centrumspartei drei
Punkte besonders vorlegen, welche vielleicht nie und nir-
gends besser in Angriff genommen werden könnten, als
gerade am Schlusse des ersten deutschen Reichstages. Wir
scheuen uns keineswegs, dieselben mit aller möglichen Offen-

lichkeit in Anregung zu bringen; denn sie sind erlaubt und
gewissermaßen selbstverständlich.

Wir meinen nämlich:

1. Die Parteiorganisation. Dieselbe muß sich,
wenn bis zu den nächsten Reichstagswahlen irgend etwas
Erhebliches geleistet werden soll, schon von jetzt an unter
der Leitung eines Centralausschusses wie ein Netz mit un=
zähligen Maschen über das ganze deutsche Reich erstrecken;
ohne eine solche Organisation sind alle noch so verdienstlichen
Bemühungen schließlich in der Regel erfolglos. Nicht minder
wichtig ist

2. Die Selbstbesteuerung der Partei. Die
katholische Partei zählt in Deutschland Gottlob so viele
Mitglieder, daß man in dieser Beziehung etwas recht Statt=
liches erreichen kann, ohne dem Einzelnen irgend wehe
zu thun. Die Reichen aber mögen bedenken, daß es sich
für sie und für uns Alle um die heiligsten Güter des irdi=
schen und ewigen Lebens handelt. In Baden ist es leider
nicht gelungen, diesen Punkt in eine befriedigende Ordnung
zu bringen; und darin, daß es nicht gelungen ist, finden
wir, außer den allgemeinen politischen Verhältnissen, die
Hauptursache der Wahlniederlage unserer Partei. Ohne Geld
ist nun einmal auf dieser Welt Nichts zu erreichen.

3. Ein Collectivschritt des deutschen Episko=
pats bei der Reichsregierung und bei dem deutschen Kaiser
sollte unseres Erachtens vorbereitet werden. Es ist im
Reichstag so ziemlich von allen Seiten anerkannt worden,
daß die Beziehungen zwischen Staat und Kirche einer reichs=
gesetzlichen Regelung bedürfen. Dieß kann gar nicht aus=
bleiben, selbst wenn man von der naturnothwendigen Bewe=
gung nach dem Einheitsstaate hin gänzlich absieht. Es ist
wirklich zu unvernünftig, daß eine und dieselbe christliche

Kirche in mehreren Ländern eines und desselben Reiches in den allerverschiedensten Rechtszuständen leben soll; ein solcher Zustand läßt sich auf die Dauer unmöglich erhalten. Man hat nun die Beseitigung desselben hinausgeschoben bis zu dem vielbesprochenen „weiteren Ausbau" der Reichs= verfassung. Dieser Ausbau wird und muß kommen; wenn er nicht bestehen soll in einfacher Herübernahme der preu= ßischen Verfassungsbestimmungen, sondern in einem beson= deren ausführlichen Reichsgesetz, so ist es von der aller= größten Wichtigkeit, daß unsere hochwürdigsten Bischöfe als die einzig legitimen Vertreter der katholischen Kirche Deutsch= lands vom jetzigen Augenblicke an nicht mehr aufhören, mit den Bedürfnissen und Rechtsforderungen der Kirche unab= lässig und unermüdlich anzuklopfen an den Thoren der deutschen Reichsregierung. Für große geistige Mächte hat die deutsche Reichsregierung Sinn und Verständniß; und der deutsche Episkopat in seiner einmüthigen Gesammtheit ist eine große geistige Macht.

Diese drei praktischen Fragen wollten wir bei dieser Gelegenheit den Führern unserer Sache im Reichstag an= empfohlen haben; im Uebrigen mögen sie fest überzeugt sein, daß die katholische Bevölkerung mit dankbarem Stolz und mit treuer Begeisterung zu ihnen emporblickt. Diese Ueber= zeugung möge sie stärken und aufrecht erhalten in dem schweren und heiligen Kampfe für die Lebensinteressen der katholischen Kirche, mit welchem die innere Geschichte des neuen deutschen Reiches begonnen hat.